コールセンターの殺人

宮川葵衣
AOI MIYAKAWA

街灯出版

コールセンターの殺人

目次

プロローグ　始まりの朝

携帯のアラーム音が鳴り響き、目が覚めた。

寝ぼけ眼でベッドから起き上がると、枕元に置いてある携帯のアラーム音を止めた。そして大きく欠伸をした後、ゆっくりと部屋を見回した。

……あれ？

私の部屋って、こんなに広くて、綺麗だった？

どう見ても二十畳はある部屋は、壁紙も家具も白で統一されていて、清潔で高級感がある。部屋の中央にあるガラステーブルに置いてある一輪挿しの花瓶の赤い薔薇が、美しい。

まるでホテルみたいだ……。ホテル？

ハッとして、ベッドから飛び降りると窓際まで駆け寄り、分厚いカーテンを開けた。

窓の外には、大小のビルが立ち並び、ピンクや黄色や緑のカラフルな色の看板が掲げられ、大量の車とバイクが道路を行き交う、都会の街が広がっていた。

東京の調布市にあるアパートから眺めていた景色とは、明らかに違っていた。

ああ、そうか……。

溜息をついた後、呟いた。

「私……、バンコクに来たんだ」

事の始まりは、一通のメールだった。

まだ残暑が続いていた九月のある日、仕事が終わり一人暮らしのアパートに帰って、夕食を済ませた後いつものようにパソコンを開けると、メールが来ているのに気づいた。件名は、「流川理子様へ」。それだけ。

一瞬、怪しく感じたがメールを開いた。何か、ひっかかる物を感じたのかもしれない。メールの内容は、簡単に言うと、タイのバンコクにある、日本企業のコールセンターの仕事の紹介だった。送り主は私も名前を知っているコールセンターを運営する大手の会社、ダブルコミュニケーションだった。何故こんな仕事の紹介が自分に来たのか不思議に思ったが、すぐに思い出した。以前、この会社のコールセンターに派遣社員として働いていた時、アンケートを取られ、海外勤務を希望する、という欄に○をつけていたのだ。そこから紹介が回ってきたのかもしれない。

雇用形態は契約社員。仕事の内容は、日本の有名な通販会社、ひまわり通販の電話受付だった。洋服や靴、バッグ、アクセサリー、生活雑貨、家具、化粧品やサプリメントなどを販売する会社だ。確かここはネットから注文出来たはずだけど、いまだに電話受付もやっているらしい。この会社のコールセンターがバンコクにある事も、運営をダブルコミュニケーションに外部委託している事も、知らなかったな……。バンコクにコールセンターを置く事で現地に合わせて時給を安く設定し、人件費を抑えるのが目的かもしれない。

仕事内容に続いて、週五日、月曜日から金曜日まで一日八時間勤務で、土日休み、時給三百バーツと書かれていた。三百バーツの下にはカッコ付きで日本円で約九百円と書かれていた。時給九百円か……。今の仕事の時給が千五百円だから、半分近く下がる事になる。だけど、バンコクで働くという事は現地で暮らす事という事だ。バンコクは日本より物価が低いだろうから、時給九百円でも十分暮らしていけるのかもしれない。

私はメールの内容をじっと見つめながら、考えた。どうする？　この仕事に、チャレンジしてみる？　バンコクで、暮らしてみる？

今の仕事もコールセンターでのインバウンド（受信業務）で、仕事内容はたいして変わらない。だけど、海外で暮らすという事が、とても魅力的に思えた。生まれてから三十三年間、日本以外の場所で暮らした事が無かったから。

私はメールの返信の部分をクリックし、面接を受けたい、と返事をした。

面接日はすぐに決まり、返事をした二日後だった。バンコクのコールセンターに勤務する人事担当の人と直接、面接をする事になった。

もちろん、面接をするためだけにバンコクに行くなんて出来ないので、無料通話のスカイプを使って面接をする事になった。当日、パソコンの前で待機しているとさっそく電話がかかってきた。私は背筋を伸ばした後、電話を受けた。

パソコンの画面に、相手の上半身が映った。背景を見るとおそらく会社の事務所のような場所だろう。自分より年上の、四十代前半ぐらいの女性に見えた。バッチリメイクをしていて、ウエーブのかかった薄茶色の長い髪で、黒のスーツを着ていた。左手の薬指に指輪は見えなかったが、耳にシルバーのピアス、手首にシルバーの幅の広いバングルをしていた。もしかしたら有名なブランドの品かもしれない。

「初めまして。私はバンコクのコールセンターでチームリーダーをしている須藤美沙子です」

相手の女性は丁寧に自己紹介をした。落ち着いたハスキーボイスだった。

「初めまして、流川理子です。よ、よろしくお願いします」

私は緊張のため、つい上擦った声を出してしまった。須藤さんが、少し眉間に皺を寄せたのが見えた。ああ、失敗した……。私は内心、面接に落ちた、と早くも落胆した。コールセンターに勤める人間は、当たり前だがどんな時も慌てず落ち着いて対応する事が一番大切なのだ。特にインバウンドはそうだ。どんなクレーマーが電話をかけてくるのか分からないのだから。

須藤さんは表情を一瞬で元に戻すと何もなかったように話を続けた。

「さっそく面接を始めたいと思います。事前にメールで送らせていただいた文章はお手元にありますでしょうか?」

「はい、あります」

私は手元にあるプリントアウトした文章に目を落とした。そこには、コールセンターで電話を受けた時の、客とのやり取りのマニュアルのようなものが書いてあった。

「私がお客様の役をやりますので、流川さんにはコールセンター側の役をやってもらいます。では、始めたいと思います。よろしいですか?」

「はい、お願いします」

須藤さんが客の内容を話し始めた。

「こんにちは。注文したいんですけど……」

「お電話ありがとうございます。ひまわり通販の流川と申します。本日は、どのような商品をご希望でしょうか?」

私が答えると、画面の中の須藤さんが、おやっという顔をした。意外と、この人、しゃべれるなといった感じの反応だった。全然自慢にならないけど、私は大学を卒業後、就職に失敗してからずっとコールセンターで仕事をしている。金融関係や通販会社など種類は色々だ。もう十年以上になる。何の取り柄も資格も無い人間が仕事をしようと思ったら、コールセンターぐらいしかなかったのだ。だからこういった内容は、しゃべり慣れていて全く緊張せずに話せるのだ。

マニュアルの受け答えが終わると、須藤さんが今回の仕事について何か質問がありますかと聞いてきた。

「今回のお仕事はひまわり通販の電話受付ですが、日本にいるお客様の電話を受けるんですか？」と私は聞いた。

「そうです。だから仕事中は日本語しか使いませんので、バンコクで、タイ語が話せなくても大丈夫です。もちろんタイ語以外、英語などの外国語が全く出来なくても問題ありません」

「分かりました。質問はそれだけです」

面接は二十分程度で終わり、一週間後、合格の知らせが届いた。

だけど、大変なのはそれからだった。

まず、今の職場を辞めなければいけない。さっそく上司にその事を伝えると、まだ派遣社員としての契約期間が残っているのに、勝手に辞められても困るんだよね、本当に派遣さんは責任感が無くて自分勝手なんだから、などと嫌味を言われた。私は、上司から十月末で契約を更新しない事、つまり解雇すると伝えられていたので、こちらに何の落ち度がなくても、そっちの都合で平気で派遣社員の首を切ったりする企業の方がずっと責任感が無くて自分勝手なんじゃないですか、こっちは生活がかかってるんですよ、と思わず言い返しそうになったがやめておいた。もう辞めるのに、わざわざ波風をたてる事もない。

なんとか退職した後も、やる事は色々あった。バンコクで働くためには、就労ビザを取得しなければいけない。そのために自分で色々と必要な書類を揃えて、日本にあるタイの大使館に申請しなければいけないのだ。

私は書類関係が昔から苦手で、何か理由があって役所に行くときも、少し憂鬱になってしまうぐらいだった。しかし、苦手だからといってやらなければバンコクには行けない。私は必要な書類、戸籍謄本や、短大の卒業証明書などを何とか取り寄せ、タイの大使館に行った。

タイの大使館は山手線の目黒駅から徒歩十分ぐらいの場所にあった。平日なのにかなりたくさんの人が賑わう中、受付の人に申請書類の記入間違いを何度か訂正された後、書類を提出した。そして、しばらくして無事に就労ビザが下りた。

バンコクへの出発が十日後に迫った日曜日、私は長年の腐れ縁の彼氏をカフェに呼び出した。

「えっ。バンコクで働く?　なんだよそれ、そんな事、急に言われても」

「でも、もう決めたの」

「そうなんだ……。でも、まぁ、海外で働いてみるっていうのも、長い人生の中、良い経験になるかもな」

「私もそう思う。それで、悪いけど別れて欲しいの」

「ちょっと待てよ、何で突然、別れ話?　俺、長距離恋愛になっても大丈夫だよ。どれぐらいの間、働くの?　三ヶ月?　半年?」

「ごめんなさい……。そんな短い間じゃなくて、もっと長く働きたいと思ってるの」

「まさかバンコクに永住するつもり？　確かにバンコクは今はすごく発展していて都会だし、一年中、暖かいっていうか暑いし、物価も日本より安くて住みやすいとは思うけど」

「それはまだ分からない。だけどすぐ日本に帰ってくるつもりはないから、別れて欲しい。私、長距離恋愛とか無理だから」

「そんな……」

「ごめんなさい」

　私はもう一度謝り、頭を下げた。

　そして、２０１７年、10月初旬、私は成田からタイへの直行便の飛行機に乗った。

　飛行機の中で、ふと別れた彼氏の事を思い出した。彼には悪い事をしたと思った。だけど、もう四年も付き合っているのに結婚の話は出ないし、最近は恋人というより茶飲み友達のような感じになっていたので、今回の事は別れる良いキッカケになったと思った。彼は私と別れて少しは淋しい気持ちになるかもしれないが、すぐに忘れて楽しい日々を送るだろう。最近は私とは別に、時々会っている女の子もいたみたいだし……。

　私は窓に顔を向けて、どこまでも続く青い空とそこに海のように広がる白い雲をぼんやりと眺めた。

　今度、誰かと付き合うとしたら、ちょっとぐらい見た目がかっこ悪くても、あまりお金を持っていなくても、優しくて、自分だけを見てくれる誠実な人がいいな……。

　そんな事を思いながら。

そして、今、私はバンコクにいる。

回想から覚め、バンコクの街をホテルの窓から見下ろしながら、感慨深い気持ちになった。

ついに、バンコクに来たんだ。ここで、この街で働くんだ。

大きく伸びをすると、頑張るぞ、と小さく声に出して言い、朝食を取るために着替えて一階に降りて行った。

ホテルの朝食会場は、まさに人種のるつぼといった感じで、東アジアの人もいれば、東南アジアの人もいて、黒人も白人もいた。

朝食はバイキング形式で内容は日本の物とほとんど変わらなかった。飲み物はコーヒーやオレンジジュース、食べ物はパンにスクランブルエッグ、ハム、チーズ、ソーセージ、サラダなど。違っていたのは和食が無い事と、果物の種類だ。並べてある果物は日本ではあまり見かけない珍しい物が多かった。トング片手に目の前の果物をじっと見る。この、皮が赤い果物は何だろう、あ、ドラゴンフルーツ？　この白い丸い果物は……ライチ？

とりあえず気になった果物を適当にお皿に乗せた。テーブルの席に着いてコーヒーを一口飲むと、頭がすっきりしたような気がした。

同時に、永い夢から目覚めたような気持ちになった。

バンコクで働く事が決まってから、実際にここに来るまで、どこか現実ではないようなふわふわした気持ちでいたような気がする。

だけど、やっと現実味が湧いてきた。

今日から、私はバンコクのコールセンターで働くんだ。

ライチをフォークで刺して口に運ぶと、甘酸っぱい味が口いっぱいに広がった。

第一章

バンコクのコールセンター

1

朝食を済ませてホテルを出ると、すぐ目の前の歩道を歩いて行った。確かこの歩道を真っ直ぐ五分ほど歩くと、駅があるはずだった。駅の名前はチットロム。そこから三駅で勤務地のビルがあるアソーク駅に着くはずだ。

昨日、タイに着いた時はスワンナプーム空港までホテルの送迎車が迎えに来てくれたので、タイの電車に乗るのは今回が初めてになる。

しばらく歩くと、駅が見えてきた。ああ、良かった、無事に着いた。高架鉄道なので、階段を昇って行く事になる。私は階段を昇る前に改めて駅名の書いてある看板を見上げた。ん？　駅名が、違う……？　英語で『siam』と書かれていた。サイアム？　慌ててバッグから事前にプリントアウトしておいたバンコクの路線図を取り出して、じっと見る。

サイアムって、アソーク駅と反対方向の駅じゃない！

何ていう事だろう。私はホテルを出た後、間違えて反対方向に歩いて来てしまったらしい。自分の方向音痴に眩暈を感じたが、気を取り直して逆方向に歩き出した。道に迷う事を前提に、早めにホテルを出ておいて良かった……。

歩いている内に、汗が噴き出してきた。見上げると日本よりも色が濃いような気がする青空が広がっていて、太陽がギラギラと照りつけてくる。もう十月なのに、バンコクはまるで真夏だ。コールセンターでは服装は自由だったが、初出勤なので気合を入れてスーツを着て来たが、思わず上着を脱いで、腕にかけながら歩いた。

ハンカチで汗を拭きながら歩いていると、やっと駅が見えてきた。『chit rom』と英語で書いてある。チットロム。今度は間違いない。ホッとして階段を昇った。

自動券売機で事前にネットで調べていた通りに切符を買う。券売機には親切に番号がふってある。

行き先までの料金が書いてあるボタンに①番、お金の投入口に②番。行き先のボタンを押してから料金を入れるようにちゃんと指示されているのだ。これだったらタイの電車に初めて乗る人も間違えないだろう。切符はプラスチックのカード形式で、それを改札の挿入口に入れて通り抜ける。

イエローの座席が並ぶカラフルな車内は早い時間のせいかあまり混んでいなかったが、席には座らず立ったままでいた。座っているとぼんやりして駅を乗り過ごしてしまいそうな気がしたからだ。

私は路線図を取り出し、駅名を確認した。チットロムの次はプルンチット、次はナナ、その次が目的地のアソーク駅だ。ちゃんとそこで降りないと……。

緊張しながら吊り革を持ち、何気なく空いている前の席を見ると、壁に何かマークのような物が貼ってある。ああ、この席は優先席なのかなと思い、マークをよく見ると、そこには日本と同じようにお年寄りのマーク、妊婦さんのマーク、足を怪我した人のようなマークが貼ってあったが、一つ、分からないマークがあった。

この、オレンジ色の服を着た人のマークは何だろう……。

考えても分からないので、車窓の景色に目を移した。ホテルのあった場所も都会だったけれど、高いビルがどんどん増えていき、更に都会になっていくような気がした。

バンコクって、本当に東京みたいだな……。

電車はどんどん進み、プルンチットに止まり、次の駅のナナに止まった。車内に「ナナ〜、ナナ〜」とアナウンスが流れた瞬間、あれ、と思った。

なんだかイントネーションが独特だったのだ。プルンチットの時は普通だったのに。その独特さに思わず笑いそうになったが、ハッとした。タイの人の言葉に笑うなんて良くない。私が日本人である以上、私の取った言動はすべて日本人のスタンダードだと思われてしまう可能性があるのだから。

そう考え、ぐっと笑いを引っ込め、表情を引き締めていたら、隣にいたタイの女性が連れていた子供が「ナナ〜、ナナ〜」と、アナウンスの真似をしてキャッキャッと無邪気に笑い声を上げた。

タイの人が聞いても、面白いんだな……。

そんな事を思っている内に、アソーク駅に着いた。

2

アソーク駅はとても大きな駅で、駅を中心にいくつもの通路が歩道橋のように伸びていて、そのいくつかは大きなビルの入り口に繋がっているのが見えた。

駅の階段を降りると、そこはまるで東京の新宿のようだった。

立ち並ぶ高層ビルに、広い道路、そこを行き交う沢山の車、バイク、そして、大勢の人、人。

車とバイクの騒音の中、思わず呆然と立ち尽くしたが、ハッと我に返った。いけない、ぼんやりしていたら入社早々、遅刻してしまう。

私は信号が青になったのを確認して、駅の側にある大きな交差点を走って渡った。

それから少し歩いた後、目の前にそびえたつ、この辺りのビルの中でも一際目立つ五十階建ての高層ビルを見上げた。

今日から、ここで働くんだ……。

私は大きなガラス張りの正面入り口の自動扉から、一階のエントランスに入って行った。

エントランスはとても広く、端の場所に屋台のオープンカフェがあるのが見えた。左右に四基ずつ、合計八基のエレベーターが並んでいるエレベーターホールまで行くと、上りのボタンを押した。

「もしかして、あなた、ダブルコミュニケーションの人？」

突然後から声を掛けられて、びっくりして振り向くと、スーツ姿のとても綺麗な女性が立っていた。

靴のヒールの高さを差し引いても、百七十センチはあるだろうか、女性にしては背が高く、スラリと痩せていた。ストレートの長い黒髪、色白で目鼻立ちがハッキリした彫りの深い顔立ちに、赤い口紅が似合っていた。三十代前半ぐらい、自分と同世代に見えた。

「そうです、契約社員として、今日から働くんです」

私が答えると、

「やっぱりそうなんだー。日本人に見えたから、そうなんじゃないかと思ったんだ。実は私もそうなの、お仲間よ」

女性はニッコリと微笑んだ。その時、ちょうど目の前のエレベーターの扉が開き、二人で中に乗り込んだ。

私はダブルコミュニケーションのオフィスがある、二十八階のボタンを押した。

「私、桜木七海って言うの。よろしくね」

女性が笑顔で言った。

「流川理子です。よろしくお願いします」

私は挨拶を返しながら内心、ホッとした気持ちでいた。これから働く職場はバンコクにあるとはいえ日本企業のコールセンターなので、仕事はすべて日本語対応でいいので、仕事の内容自体にはあまり不安は感じていなかった。正直、一番心配だったのは職場の人間関係だ。だけど、こんな風に明るくて愛想の良い人が一緒だったら心強いと思った。もっとも、まだ初対面なので、本当はどういう人なのかはまだ分からないけれど。でも第一印象はとても良い。

エレベーターはあっという間に二十八階に着き、私と桜木さんはダブルコミュニケーションのオフィスに向かった。ガラス張りの扉を開けると、受付の女性に名前を確認され、別の部屋へと案内された。

その部屋のドアを開けると、正面にホワイトボードがあり、その前に垂直に細長い机が向かい合わせに二つ並べられていて、それぞれ椅子が三つあった。片方の机の席には、すでに三人が座っていた。

「もしかして、私達が最後だったのかな」

桜木さんが小声で私に囁いた。確かになんだかそれっぽい。私は部屋の壁に掛けてある時計で時間を確認した。午前八時五十五分。午前九時にオフィスに来るように言われていたから、ぎりぎりだ。やっぱり道に迷った分、遅れてしまったみたいだ。

「もうじき、研修の講師が来ますので、座って待っていて下さい。席は自由なので、空いている席に座って下さい」

受付の女性はそう言うと、退室していった。

私と桜木さんは空いている席に並んで座った。誰も話している人はいなく、部屋の中はシンと静まり返っていた。私はなんとなく席にすでに座っていた三人の顔を見渡した。

一人は男性で、残り二人は女性だ。皆、スーツを着ている。男性は年は二十代後半ぐらいに見えた。色白で痩せていて、銀縁の眼鏡をかけている。眉間に皺を寄せながらその眼鏡を時々、人差し指で押し上げている。その仕草のせいか、なんだか神経質そうな性格に見える。

女性の内の一人は、この中で一番若く見えた。二十代前半ぐらいだろうか。黒髪のショートカットで、顔立ちは幼く、目が大きくてクリクリとしている。なんだかリスみたいだな、と思った。

もう一人の女性は、いたって普通の印象だ。年は四十代半ばぐらいだろうか。この中では一番年上に見えた。切れ長の目の和風美人で、黒髪のボブカットが似合っている。落ち着いた雰囲気がお金持ちの家の奥様といった感じだ。

私はもう一度、壁の時計を見た。

午前九時を五分ほど過ぎていた。講師はまだ来ないのだろうか。その時、部屋のドアが勢いよく開く音がした。てっきり講師が入って来たのだと思い、ドアの方に顔を向けると、そこにはTシャツにデニム姿の、二十代後半ぐらいの背の高い男性が立っていた。彫の深い顔立ちで、日に焼けている。

思わず、目が合った。すると男性は、

「ここ、今日入社の人達が集まる部屋？」と聞いてきた。

「そうですけど……」

私が答えると、

「うわーっ、もしかして俺が最後っ？　やっべ。入社早々やらかしちゃったよ」

男性は早口にそう捲し立てると、私の隣の席に座った。

「でも、講師はまだ来てないみたいだから、ギリギリセーフかなっ。ねっ」

男性は私に向かってそう言うと、二カッと白い歯を見せて笑った。

な、なんなんだろう、この人……。入社早々遅刻しておいて、この悪びれない態度。大体、何故、Tシャツにデニム？　服装は自由だと言われているけれど、普通は初日ぐらいはちゃんとスーツを着てこないだろうか。皆、そうしてるのに。

「遅刻して来たのに、堂々としてるわね」

桜木さんが可笑しそうに笑いながら、男性に言った。

「いや、研修の部屋が分からなくて、迷ったから。だから遅くなっちゃったんだよ」

「受付の人は？　あの人が案内してくれるはずよ」

「そんな人いなかったよ。まいっちゃうよ～」

男性は両腕を大きく広げると、掌を上にして、溜息をついた。何、そのアメリカ人みたいなオーバーリアクションは……。私は妙なデジャブを感じた。このヘラヘラした、チャラチャラした感じ……。誰かの事を思い出す……。

　その時、ガチャリとドアが開く音がして、四十代前半ぐらいのスーツ姿の男性が入って来た。書類の束を抱えているので、たぶん、この人が講師だろう。

　スーツ姿の男性はホワイトボードの前に行くと、

「本日から一週間、皆さんの研修の講師をさせていただく高橋です。遅くなって申し訳ありません。道路が渋滞していて……。バンコクの渋滞には慣れているはずだったんですが」

　眉間に皺を寄せながら、申し訳なさそうに挨拶した。確かに、バンコクは渋滞がすごそうだ。私はアソーク駅前の、大量の車やバイクを思い出した。

「あまり遅いので、受付の人が心配して、ビルの正面入り口まで迎えに来てくれたんですよ」

　高橋さんがそう言うと、

「あー、だから俺が来た時、受付の人がいなかったんだ～」

　と合点がいったように、Tシャツ姿の男性が言った。

「そうだったんですか、ご迷惑をおかけしました。それでは、遅れてしまったので、すぐに研修を始めましょう。あ、その前に皆さんに社員証を配りますね。紐が付いていますから、首に掛けて下さい。研修中も、電話受付の仕事中も、必ずこの社員証をつけていて下さいね」

　高橋さんに渡された社員証を首にかけて、じっと見る。事前に提出してあった私の顔写真が貼ってあり、その横にローマ字と日本語で、私の氏名が併記してあった。

「皆さんには今日から一週間、座学研修をしてもらった後、電話受付の現場に出ていただきます。もっとも初めは先輩の横に座って、電話受付の様子を学んでもらいます。それから、実際に電話に出てもらいます。それではプリントを配ります」

高橋さんが配ったプリントを、机に座った人達が、隣の人へと回していく。私も隣のTシャツの男性にプリントを渡す。男性は、

「サンキュー」

と笑顔を私に向けてきた。私はぎこちない笑顔を返した。

「では、研修を始めます。あ、そうだ。その前に皆さんに簡単な自己紹介をして貰いましょうか。これから一緒に働く仲間ですからね。お名前と年齢、簡単な前職の内容をお願いします。一番前の方からお願いします」

高橋さんは銀縁の眼鏡をかけた男性を指名した。男性は渋々といった感じで立ち上がった。

「佐々木恭一です。年齢は、二十六歳です。前職はパソコンの修理受付のコールセンターで働いていました。どうぞよろしくお願いします」

佐々木さんが座った後、隣のショートカットの女性が立ちあがった。

「島崎瑠璃子です。年齢は、二十三歳です。以前は携帯ショップで働いていました。どうぞよろしくお願いします」

島崎さんが座った後、隣のお金持ちの奥様風の女性が立ち上がった。

「増田純子です。年齢は、四十五歳です。以前は……ベーカリーで働いていました。どうぞよろしくお願いします」

次に向かいの席の一番前の席に座っている桜木さんが立ち上がった。

「桜木七海です。年齢は、四十五歳です。増田さんと同い年ですね。前職はアパレルで働いていました。どうぞよろしくお願いします」

え？　私は思わず桜木さんの顔を仰ぎ見てしまった。

よ、四十五歳っ！？

全然そう見えない……。どう見ても三十代前半だ。十歳は若く見える。こんなに実際の年齢よりも若く見える人、初めて見た。

「では、次の方、どうぞ」

高橋さんに促され、ハッと我に返り、私は慌てて立ち上がった。

「流川理子です。年齢は、三十三歳です。以前は銀行のコールセンターで働いていました。どうぞよろしくお願いします」

私が座ると、隣のTシャツの男性が勢いよく立ち上がり、

「今村陽平です。年齢は、二十八歳です。前職はコンビニで働いていました。よろしくお願いします！」

とやたら元気に挨拶した。コンビニ……。なんだか仕事帰りにこの人に接客されたら、一日の疲れが取れるというより、倍増しそう……。

「全員の自己紹介が終わりましたね。それでは、研修を始めます」

高橋さんの言葉に、皆が机の上に置いたノートを開いた。

3

壁の時計がちょうど午後五時を差した時、高橋さんが手に持ったマーカーを置いた。

「今日の研修はここまでにします。明日も午前九時にこの部屋に集合して下さい。皆さん、お疲れ様でした」

高橋さんの言葉を聞き、皆が机の上のプリントや筆記用具を片付け始めた。

「あ、お帰りになる前に皆さんには一度電話受付の現場を見てもらいます。五分ぐらいで終わりますので。それで今日の研修はすべて終了になります」

高橋さんの後をついて、部屋を出てしばらく廊下を歩くとエレベーターの前まで来た。

高橋さんはエレベーターのすぐ近くにあるドアの前で立ち止まった。

「ここが皆さんに働いていただくコールセンターの部屋になります。このドアの横の壁に設置してあるセキュリティシステムに社員証をタッチしていただくと、ドアの鍵が開いて中に入れます。退室する時も同じです。ですから、社員証は絶対に紛失しないように気を付けて下さいね」

エレベーターのすぐ側の部屋がコールセンターなのか。分かりやすくていいと思った。とにかくこのビルの中は広すぎて、部屋もたくさんあるので迷ってしまいそうなのだ。

高橋さんは社員証をタッチし部屋のドアを開けた。高橋さんの後をついて皆でぞろぞろと部屋の中に入って行く。

部屋の中を見て、思わず息をのんだ。とても広い部屋に机がびっしり並んでいて、両耳を覆う大きなヘッドセットを付けた人達がパソコンの画面を見ながら話している。おそらく、二百人はいるだろう。

「今、このコールセンターでは二百人ほどが勤務していて、五十人ずつ、A、B、C、D

と四つのチームに分かれています。それぞれのチームにはチームリーダーが一人、サブチームリーダーが二人います。皆さんは研修が終わったら全員Aチームに入ってもらう予定ですが、このAチームのチームリーダーが皆さんの面接を担当した須藤です。それでは、出ましょうか」

高橋さんは簡単な説明をした後、部屋の中の壁についたセキュリティシステムに社員証をタッチしてドアを開けた。私達はその後に続いた。

高橋さんにお別れの挨拶をした後、皆でエレベーターに乗り込んだ。

「ねぇ、皆、この後、暇？　良かったら屋台で食事でもしない？」

エレベーターの中で桜木さんが提案した。

「あ、いいじゃん。ちょうど夕食の時間だし。俺、タイの屋台でまだ食べてないんだよね」

今村さんがいち早く賛成した。私も研修の間はほとんど話せなかったし、食事をしながら親睦を深めるのはいいかもしれないと思って賛成した。私以外の人も賛成し、ビルを出た後、そろって近くの屋台へと移動した。


「うわー、すっごい安い！　信じられない！　これ、一皿にご飯とお肉と野菜が盛ってあって、五十バーツだって」

桜木さんが屋台のメニューが書いてある看板を見て、驚きの声を上げた。

確かにすごく安い、と私も思った。一バーツが大体、日本円で三円だから、百五十円という事になる。すべての料理がそれぐらいの値段だ。安すぎてちょっと心配になるぐらいだ……。

皆、それぞれ料理と飲み物を注文し、屋台の奥に設置してあるテーブルについた。料理より先に飲み物が運ばれてきた。全部、瓶に入っていた。女性陣は全員、オレンジジュース、男性陣は全員コーラだ。ここの屋台にお酒は売っていなかった。

「じゃあ、乾杯しようか。あ、でも何に乾杯かな……」

桜木さんがちょっと考え込んでいると、今村さんが、

「無事にバンコクで働ける事になったことに」

と、笑顔で瓶を掲げた。

「そうね、それだね！　バンコクで働ける事になった事に、乾杯！」

「カンパーイ！」

全員で瓶を合わせた後、私はオレンジジュースを一気に飲んだ。瑞々しいオレンジの味がした。日本のオレンジジュースと変わらないはずなのに、なんだかとても美味しく感じる。それは外の屋台で飲んでいるせいだろうか。それとも、外国に、このバンコクという場所にいるからだろうか。

夕方になって少し気温が下がり、たまに吹き抜ける風が心地良かった。

「流川さんは、バンコクのどの辺りに住んでるの？」

隣に座っている桜木さんが話しかけてきた。

「今はまだホテル暮らしです。研修中はホテルから通おうと思って。研修の最後の日に、会社の人がバンコクにあるマンションを紹介してくれるらしいので、その時に決めようかなって。日本と違って、すぐに入居出来るみたいなので」

「希望する人だけが行くマンション見学ツアーね。会社の人と現地のマンションをいくつ

か回るんだよね。私は日本にいる時に自分で決めちゃったけど、そういうのもいいかもね。研修が終わって、やっぱりこの仕事は自分には合わないからやめようって思う場合もあるもんね……」

「あるかもな。仕事だけじゃなく、バンコクの暮らし自体が合わない場合もあるだろうしね」

と、何故か桜木さんの言葉に私ではなく、今村さんが言葉を返していた。

「俺も最終日にマンションを決めようと思ってるんだ。だから、一緒に現地を回る事になるよな。よろしく」

今村さんはニッコリと笑いかけてきた。私はまた、ぎこちない笑顔を返した。

4

翌日、午前九時十分前に研修の部屋に着くと、もう他の皆が先に来ていた。いけない、一番最後だ。そう思って慌てて席に着いたが、あれ、と思った。よく見ると一人足りない。あの、銀縁眼鏡の男性がいない。

どうしたんだろうと思っていると、講師の高橋さんが部屋に入って来た。

「皆さんにお知らせがあります。佐々木さんから連絡があり、本日は体調不良によりお休みするという事です」

高橋さんの言葉に部屋の中がざわついた。佐々木さんが誰なのか忘れてしまっていたが、たぶんあの銀縁眼鏡の男性だろう。

「佐々木さん、体調不良って、大丈夫なんですか」

ショートカットの若い女性が心配そうに聞いた。この人の名前もよく覚えていない。首にかけた社員証を見て、島崎瑠璃子さんだと思い出した。

「大丈夫だと思いますよ。熱などは無いみたいなので。なんでもお腹をこわしてしまったみたいで……」

「あ、もしかして昨日の屋台が原因かな！」

今村さんがハッとしたように言った。

「ああ、屋台で食事されたんですね。だったら、それが原因かもしれませんね。普通のレストランと違って、屋台の食事は合う人と合わない人がいるので……」

高橋さんが言葉を濁すような調子で言った。

おそらく、屋台によってはメニューに使われる食材は、少し不安材料があるのかもしれない。胃腸が丈夫な人は平気でも、元々弱い人はそれでお腹をこわしてしまうのかもしれない。佐々木さんは、きっと胃腸が人よりかなり弱いのだろう……。

「佐々木さん、早くよくなるといいですね。そういう事で、今日は五人での研修になります。それではプリントを配ります」

高橋さんが仕切り直すように言った。


だけど、佐々木さんは次の日も、その次の日も、研修に来なかった。

佐々木さんが休みのままの状態で研修は続き、ついに最終日になった。その日の朝も、佐々木さんの姿はなかった。

高橋さんは部屋に入って来ると、神妙な表情で話し出した。

「今日は皆さんに残念なお知らせがあります……。実は佐々木さんが、本日で辞める事になりました」

薄々察していたとはいえ、やはり部屋の中は驚きで包まれた。

佐々木さんが辞める……。せっかくバンコクまで来たのに。研修に一日、出ただけで。

「やっぱり食事が合わなかったみたいですね……。でも、これは別に珍しい事じゃないんですよ。佐々木さん以外にも、食事が合わなくて辞めた人はけっこういますから」

高橋さんが佐々木さんをフォローするように言った。

「佐々木さん、タイ料理はけっこう好きだって言ってたのに……」

お金持ちの奥様風の増田さんが、残念そうに呟いた。

「日本で食べるタイ料理と現地のタイ料理は、ちょっと違うかもしれないね」

桜木さんが言った。確かに、日本で食べる物は日本人好みにアレンジされているのかもしれない。そして現地の食事は、佐々木さんに合わなかったのかもしれない。自分はどうだろう、とふと不安になった。

今はホテルで朝食と夕食を取り、お昼はホテルのベーカリーで買ってきたパンを食べているので、他の店や自炊で食べた場合、合わない可能性もあるかもしれない。

「高橋さん、佐々木さんはここの仕事を辞めて、日本に帰るんですか？」

今村さんが聞いた。

「そうですね。仕事を辞めるとその後七日間で就労ビザも切れますから、すぐに日本に帰らないと不法滞在になってしまいますからね。それでは、座学研修は昨日で終わりましたので、今日は事前にお伝えした通り、午前中にバンコクの銀行に皆さんのお給料振り込み用の口座を作りに行き、午後には希望者の方達と現地のマンションを回ります。皆さんに確認なのですが、現時点でここでの仕事を続ける意思はありますか？　もし辞めるつもりの方がいたら、今、おっしゃって下さい」

部屋の中はしんと静まり返り、誰も何も言わなかった。

「皆さん、続けてくださるようで、安心しました。それでは、今から銀行に行きますので、荷物を持ってついて来て下さい」

高橋さんはニッコリと微笑んだ。

5

口座を作りに行った銀行は、バンコク銀行という名前で、タイの中では最大手の銀行らしかった。

「確か、東京にも支店があったはずよ」

桜木さんが店内を眺めながら言った。

身分証明でパスポートを提出し、口座開設のための手数料を払い、書類に簡単な英語で必要事項を記入したら、すぐに口座は作る事が出来た。

全員が無事に口座を開設し、銀行を出た後、高橋さんが言った。

「本日はここで解散になります。いよいよ明日、火曜日から現場に出て電話を取ってもらう事になりますが、初めは先輩の横について勉強してもらう事になりますので、よろしくお願いします。あ、集合時間は今までは午前九時でしたが、明日からは午前八時になります。電話受付は日本のコールセンタでは午前十時から午後七時までなんですが、タイは時差があって日本より二時間早くなっていますから、午前八時から午後五時までとなります」

そうか。時差があるから日本の十時がタイでは八時になるのか……。正直、私は低血圧で朝が苦手なので、出勤時間が早くなるのは辛いが、仕方ない。

「この後はマンションの見学を行いますので、希望者の方だけついて来て下さい」

「じゃあ、私はここで。お疲れ様でした」

もうマンションが決まっている桜木さんは笑顔で去って行った。

「私も、もうマンションは決まってますので、ここで失礼します」

島崎さんもそう言って帰って行き、私と今村さんと増田さんが残った。

「皆さんが希望者の方ですね。では行きましょうか」

高橋さんが歩く後に、私達三人はぞろぞろとついて行った。

電車に乗ってアソーク駅の隣のナナ駅で降りて、しばらく歩くと住宅街に着いた。一軒目のマンションは、こじんまりとした三階建のマンションだった。このマンションの一階に空き部屋が一つあるらしい。このマンションのオーナーだというタイの男性に部屋の中に案内されると、壁紙がピンク色の可愛らしい部屋だった。八畳ほどの広さで、小さなキッチンとシャワールームがついていて、ベッドと机、テレビや冷蔵庫もあった。

「ここの家具は全部、ついてくるんですか？」

増田さんが高橋さんに聞くと、

「はい、そうです。バンコクのマンションは大体、家具付きですね。あと家賃に光熱費とインターネット代が含まれている事が多いですね」

「えー、すごくお得じゃん！　ここのマンションは一ヶ月、いくらなんですか？」

今村さんが聞くと、

「ここはひと月、一万バーツです。日本円で、三万円ぐらいですね」

「日本に比べるとやっぱりお安いですね……。駅まではちょっと遠いけれど、それでも安い。アソーク駅までたった一駅だし……」

増田さんは考え込んだ表情で部屋を見回していた。

「どうします？　ここに決めますか？」

高橋さんがまるで不動産の仲介業者のような顔つきで、増田さんを見た。

「……いいえ、私はやめておきます。一階の部屋っていうのが、ちょっと防犯上、気になるので……」

「私もやめておきます」

増田さんの意見に私も同意した。部屋はとても可愛くてお得感もあるけれど、やっぱり一番に防犯を重視したい。

「女性はそうかもしれませんね……。今村さんはどうです？」

「俺も今回はパスで。防犯はたいして気にしてませんけど、壁紙がピンクっていうのがちょっと」

「そうですか。タイはカラフルな色彩が好まれるので、こういった壁紙も、タイの男性はあまり気にしないんですが、日本人は確かに気になるかもしれないですね……」

高橋さんはオーナーの男性にタイ語で話を伝えると、

「それでは、次に行きましょう」

　と言った。

　ナナ駅に向かう道の途中で、今村さんが高橋さんに、

「マンションを決めたら、契約は自分でやるんですか？」

「はい。契約に関しては、私達は介入しませんので、直接ご本人にやっていただきます。タイの不動産は日本のように仲介業者がいないので、タイのマンションのオーナーさんと直接契約をかわしていただきます」

「で、でも、私、タイ語なんて話せませんけど。簡単な挨拶ぐらいは学んできましたけど。サワディーカーとか」

　増田さんが慌てた様子で言った。私もそうだ。こんにちはの意味のサワディーカーとか、ありがとうのコープクンカーぐらいしか分からない。

「タイのオーナーさんは英語が話せますから、大丈夫ですよ」

「英語も話せないです」

　私達三人が揃って言うと、高橋さんはハハッと笑って、

「皆さん、そうおっしゃるんですけど、意外と話せたりするんですよ。契約書も英語ですけど、内容もちゃんと理解されるし。まぁ、そんなに難しい内容じゃないですからね」

　と楽天的な様子で話した。

　私は不安な気持ちが高まった。英語には全然自信が無いのに、英語で契約を交わすなんて、私に出来るだろうか。タイのオーナーさんがたまたま良い人だったらいいけど、変な

人にあたってしまったら、不当な契約を結ばされ、ぼったくられたりしないだろうか。

「あの……これから案内されるマンションは、全部タイのオーナーの方の物なんですか？日本人のオーナーはいないんですか？」

私が恐る恐る聞くと、

「全員、タイのオーナーさんですね。ただ、一軒だけ日本人の管理人を置いているマンションがあります。そこのマンションは日本人がたくさん入居しているので、特別に日本人の管理人を雇っているんです」

「入居の契約も、その日本人の管理人さんがやるんですか」

「そうですね。日本人相手の契約もオーナー代行でやってますね」

「そこいいですね！　私、そのマンションに住みたいです」

「私も、出来ればそこがいいです」

「俺もそこがいいかなー。日本人がいた方が何かと心強いかも」

私に続いて、増田さんと今村さんも入居を希望した。

「そうですか……。皆さん、そこをご希望で……」

高橋さんは少し戸惑った表情を見せた。

「もしかしたら、三部屋も空きはないんですか？」

私は内心がっかりした気持ちで聞くと、

「いいえ、そんな事ないです。そこのマンションは今、けっこう空き室があるんですが、ちょっと騒がしいところで……」

「騒がしい？」

「実は賃貸マンションだけではなく、ホテルも兼ねているんです。だから一階のエントランスには受付のカウンターがありますし、そこはスーツケースを持った旅行者がしょっちゅう出入りしている状態ですね。一階には他にもカフェやレストランがあって夜中まで営業しています。カフェは夜にはバーになりますので。あと、コンビニみたいなお店もあって、そこは二十四時間営業しています」

「すごい便利じゃん！　俺、絶対そこがいい！」

高橋さんの説明を聞いて、今村さんは俄然その気になったようだった。

「そのマンションは、防犯面はどうなんでしょう」

増田さんが心配そうに聞くと、

「建物自体は高い塀で囲まれていて、門の前には警備員が二人、常時立っています」

「完璧ですね。私も絶対そこがいいです」

増田さんが力強く言った。私も頷いた。

「じゃあ、そこにご案内しますね」

高橋さんがそう言った時、ちょうどナナ駅が見えた。

6

電車がアソーク駅に着くと、

「ここで降ります」

高橋さんの後に続いて、私達は再びアソーク駅に降り立った。

「そのマンションはアソーク駅の近くなんですか？　だったらすごく嬉しいですけど」

増田さんが期待するような目を高橋さんに向けた。確かに、住んでいるマンションと職場は近ければ近いほどいい。私も期待した。

「いえ、ここでＭＲＴに乗り換えます」

「ＭＲＴ？」

「タイの地下鉄の事です。高架鉄道はＢＴＳと言います。アソーク駅は大きな駅なので、構内でＢＴＳのアソーク駅とＭＲＴのスクンビット駅が繋がっているんです。今から行くマンションはスクンビット駅から一駅です」

「かなり近いですね」

増田さんが嬉しそうに言った。

私達は構内の通路を進んで行き、スクンビット駅の改札に着いた。

ＭＲＴに乗り込み、すぐに次の駅に電車が着くと、アナウンスが流れた。

「クイーン××××ナショナル・コンベンション・センタ～、クイーン××××ナショナル・コンベンション・センタ～」

ん？　何、今の駅名は。私は思わず耳を疑った。こんなに長い駅名、バンコクの電車に乗って、初めて聞いた。

「皆さん、着きましたから降りて下さい」

高橋さんが立ち上がったので、慌てて後を追って電車を降りた。皆とホームを歩きながら、私は思わず高橋さんに聞いた。

「高橋さん、この駅の名前、すごく長いですね。私、英語がうまく聞き取れませんでした」

「確かに長いですよね。バンコクの電車の駅名って、比較的短いものが多いんですけど、ここは特別ですね」

私は一人で電車に乗るようになったら、ちゃんとここの駅名を聞き取れるか不安になっった。でも大丈夫か……。各駅停車でスクンビット駅から一つ目だって覚えておけばいいんだし。あと、やたら長くアナウンスしてると感じたら降りればいいんだ。

「高橋さん、マンションは駅の近くなんですか？」

今村さんが聞くと、

「それが駅からはけっこう歩くんですよ。二十分くらい」

「え、二十分っ？　そんなに歩くんだー。疲れるなー」

今村さんは嫌そうに顔をしかめた。

「若者が何言ってるんですか。二十分なんて、二十代の時は五分ぐらいな感じでしょう」

増田さんが少し呆れたように今村さんを見た。

「バンコクは暑いので、確かに二十分は辛いかもしれませんね。でもタクシーを使ってもいいですしね」

「タクシー？　それはちょっと贅沢すぎるんじゃ」

増田さんが少し引いた様子で言った。

「大丈夫です。バンコクのタクシーは日本と比べるとすごく安いですから。二十分ぐらいの距離なら日本円で百円ぐらいですよ」

「百円っ？　信じられない、すごく安いですね……」

増田さんは驚いて目を見開いた。

「だったらタクシーもありだな。でもタクシーで出勤なんて、なんか大企業の重役みたいだなー」

今村さんは愉快そうに笑って言った。

駅のエスカレーターを昇り、地上に出ると、

「皆さん、どうします？　タクシーを使って行きますか？」

高橋さんの言葉に私達は顔を見合わせた。増田さんは、

「いえ、駅からマンションまでの道がどういう感じなのか確認したいので、私は歩いて行きたいです」

その意見に私も同意した。仕事は夕方の五時までなので、冬になったら帰る時外は暗くなっているだろうし、残業もあるかもしれない。歩いて帰る道の周囲が治安が悪そうだとまずいと思った。いくら安くても毎日タクシーを使うわけにもいかない。お金は出来るだけ節約したい。今村さんは一瞬、えっという顔をしたが渋々同意した。

マンションまでの道は大きな道路を歩いていった後、脇の小道に入り、歩いて行く感じで、小道沿いにはたくさんの屋台が並んでいた。夜になってもきっと明るいだろうなと少し安心した。

十五分ほど歩くと、小道を左に曲がった。すると小道の両脇には家が立ち並んでいた。住宅街らしい。少し歩くと塀に囲まれた大きな建物が見えた。

「あのマンションです。フォレスト・マンションという名前です」

高橋さんが建物を指して言った。

警備員のいる門をくぐると、広い敷地の中を歩いていった。木や草花がたくさんあって、確かに森の中のマンションという雰囲気だ。マンションの正面玄関の自動扉から中に入ると、さっそく日本人の管理人の人に部屋を案内してもらう事になった。

「安斉久美子と申します。よろしくお願いします」

管理人さんは五十代半ばぐらいに見えるふくよかな体型の女性で、ニコニコと人懐っこそうな笑顔を浮かべ、私と増田さんと今村さんに名刺を渡してくれた。

高橋さんはもう貰っているのだろう。それにしても、こんな風に会ってすぐ名刺を渡されるといかにも日本人という感じがする。

渡された名刺はとてもカラフルで、オレンジ色の紙に黒字で、安斉さんの名前と携帯番号、このマンションの電話番号と住所が載っていた。日本の名刺はほぼ白い物なので、やっぱりここはバンコクなんだなと実感した。名前も、ローマ字で大きく書かれた下に、小さく漢字で、安斉久美子と書かれてあった。

「このマンションは十階建てで、今は賃貸用の空き部屋が、三階に一室、六階に二室、九階に一室あります」

安斉さんに説明されながら、エレベーターに乗り、まず三階に着いた。

部屋の中に案内されると、十二畳ほどあってとても広くて綺麗だった。

冷蔵庫や電子レンジが置いてあるキッチンがあり、その奥に机と椅子、ソファーとテーブル、テレビ、ベッドがあった。壁にはクローゼットが備えつけてあった。

私はキッチンを見て、日本と違うところに気が付いた。

ガスコンロが置いてない。それだけじゃなく、ガス栓も付いていなかった。

「安斉さん、キッチンでガスは使えないんですか？」

「あ、そうなんですよ。タイは日本と違って自炊する習慣が無くて、ほぼ外食なので、キッチンにガスが無いんです。家で食べる場合も、屋台でテイクアウトした物を食べたりするので。だからキッチンは食器を洗うためのシンクと、野菜や果物を切るためのスペースしか無いんですよ」

「そうなんですか……」

「ここがバスルームです」

安斉さんはキッチンの隣にあるドアを開けた。そこには洗面所とトイレとシャワーとお風呂があった。

「あ、ちゃんとお風呂もあるんですね！　バンコクはシャワーだけのところが多いって聞いていたので嬉しいです」

増田さんがパッと顔を輝かせた。

「あ、でも……洗濯機が無いですね。どこで洗濯するんですか？」

増田さんの問い掛けに安斉さんが、

「洗濯は一階にコインランドリー室があるので、そこを使ってもらいます。有料ですが、一回、十バーツです。日本円で三十円ですね。コインランドリー室にはクリーニング店も併設してあります。クリーニングは物によって値段が違うので直接確認して下さい」

「バルコニーもあるんだ」

今村さんは部屋の奥の大きな窓を開けると、バルコニーに出て、

「うわー、風が気持ちいい。あ、プールがある！　すごい！」

とバルコニーの手すり越しに下を眺め、興奮気味に言った。

「このマンションの中庭には入居者だったら誰でも使えるプールがあります。あと、一階にはスポーツジムもあります。もちろんそこも入居者なら誰でも使えます」

安斉さんが説明すると、

「それは有料?」

と今村さんが聞き返した。「無料です」と安斉さんは微笑み返した。

「どの階の部屋も、同じ広さなんですか?」

私が安斉さんに聞くと、

「ええ。どの部屋も広さも仕様も同じです。ただ、賃貸用ではない部屋にはキッチンは付いていません。あと、この部屋はダブルベッドですが、部屋によってはベッドが二つあってツインルームになっています」

「家賃は、いくらなんでしょうか」

私は一番大事な事を聞いた。

「ひと月、二万バーツです。光熱費とインターネット代も含まれてます」

二万バーツという事は、日本円で約六万円か……。

バンコクの家賃としては高い方かもしれない。だけど、こんな風に何もかも揃っている綺麗なマンションだったらそれぐらいしてもおかしくないかもしれない。私は頭の中ですばやく計算した。

仕事の時給が約九百円だから、一日八時間勤務で、日給は約七千二百円。一ヶ月に二十二日働くとしたら、月給は約十四万四千円だ。物価が安いだろうから、食費はそんなにかからないだろうし、後は携帯代と、洋服とかの雑費ぐらいだろう。なんとかなるかも。

「決めました。私、ここに住みます」

私が言うと「私も決めました」「俺も」と増田さんと今村さんも続いた。

さっそく契約という事になり、一階の管理人室に行き、契約書に記入し、サインして、三人の契約はすぐに終わった。よく考えるとこんなに簡単な作業にどうして日本では仲介管理業者がいるのだろうと不思議に思った。

部屋は、出来るだけ低いところがいいと言った増田さんが三階、私が六階、増田さんとは逆に出来るだけ高いところがいいと言った今村さんが九階になった。

「安斉さんもこのマンションに住んでいるんですか？」

増田さんが聞くと、

「いいえ、私は通いです。午前七時から午後三時まで、月、火、水と来ています。木、金、土は、もう一人の管理人、安斉四朗が来ています。日曜日は二人ともお休みを貰っています。私は夫婦でタイに移住して来たんです。私達は今年、五十五歳で仕事を早期退職して、リタイアメントビザを取ってのんびりタイで老後を過ごそうと思ってタイに来たんです。タイは何度も旅行に来ていて、お気に入りでしたから。でもいざ住んでみると、暇すぎて退屈してしまって。それで、週三日ぐらいは働く事にしたんです。その方が逆に体調も良いんですよね」

「え？　でもリタイアメントビザだと、タイで働く事は禁止じゃなかったですか？」

増田さんが不思議そうに聞いた。

「そうです。だから働いているけど、お金は貰ってないんですよ。ボランティアみたいな感じですね」

「そうだったんですか……でも夫婦でタイ移住なんて良いですね」

　増田さんが羨ましそうに言うと、

「私達夫婦には子供がいないので反対する人もいなかったので、思い切って来ちゃいました。でも、すごく快適な毎日ですよ。休みの日にはゴルフをしたり」

　と安斉さんは笑った。

「ご夫婦でタイで老後を過ごされる方、けっこういらっしゃるんですよ。不動産も、日本よりもずっと安いですからね」

　高橋さんが言った。そうか、仕事を退職した後、タイで家を買って、永住している人もいるのか。でも日本で老後を過ごすより、もしかしたらいいのかもしれない。タイは一年中暖かいし、物価も安い。食べ物さえ合えば、年配の人には最高の場所かもしれない。

　三人とも契約が無事に終わったので、その場で解散になった。私は一旦、泊っていたホテルに戻り、チェックアウトし、スーツケースを持ってフォレスト・マンションに戻って来た。

　安斉さんから渡された鍵を使って、自分の部屋、六百二号室に入った。

　スーツケースを置き、正面の大きな窓を開けて、バルコニーに出た。

「うわー、良い景色……。風が気持ちいいなぁ……」

　バルコニーからはバンコクのビル群が見えた。きっと、夜は夜景が綺麗だろう。

　手すりによりかかってしばらく風に吹かれた。

　私、本当にバンコクに来たんだなぁ……。

そんな風に感慨に耽った後、部屋に戻り、ベッドに横になった。

スーツケースから荷物を出さなくちゃ、そう思いながらも、ふかふかしたベッドの上で目を閉じた。

7

目を開けると、カーテンの隙間から陽射しを感じた。枕元に置いた携帯を手に取り、時間が見てギョッとした。午前七時半っ！？

ちょっと待って。午前八時から仕事が始まるのに、七時半ってどういう事っ？　アラームを午前六時半にセットしたはずなのに。携帯を確認すると、何故かアラームの設定がオフになっていた。そういえばホテルからマンションに向かう途中、電車の中で間違えて携帯を落とした。その時の衝撃で設定がオフになってしまったのかもしれない。

私は慌てて着替えると朝御飯も食べずに部屋を飛び出した。


「流川さん、どうしたの？　五分遅刻よ」

コールセンターの部屋に飛び込むと、面接担当だった須藤さんが呆れた顔で私を見た。

「すみません、寝坊しました」

私は正直に理由を言って謝った。須藤さんは溜息をついたが、これからは気を付けてね、と言ってそれ以上は何も言わなかった。桜木さんと増田さんと島崎さんと今村さんはもう来ていて、須藤さんの事を囲んでいた。私も慌ててその輪の中に入った。

須藤さんは皆の方を見て、口を開いた。

「流川さんも来たので、改めて自己紹介します。Aチームのチームリーダーの須藤です。皆さん、今日からよろしくお願いします」

「よろしくお願いします」

私と桜木さんと増田さんと島崎さんと今村さんは同時に言って、頭を下げた。

「それでは、初日は先輩の側について勉強して貰います。えーと、流川さん、あなたはこの席に座って下さい」

須藤さんは目の前にある椅子を指差した。

「分かりました」

私は女性がヘッドセットを付けて座っている席の横に置いてある椅子に座った。女性はヘッドセットを外し、こっちを見た。三十代前半ぐらい、私と同世代に見えた。小柄で痩せていたが、日に焼けていて健康的な感じだ。

「今日はよろしくね。勉強っていっても、私が電話受付しているところを見ていればいいから。それで業務の大体の流れを覚えて欲しいの。何か分からないところがあったら質問してね。えーと、流川さんでいいんだよね？」

女性は私の社員証を見て言った。

「はい、流川理子です」

「私は佐野舞子。じゃあ、さっそく始めましょうか」

「はい、よろしくお願いします」

佐野さんはヘッドセットを再び付け、目の前のパソコン画面にある『受信』と表示され

たボタンをマウスでクリックした。すると、

「お電話ありがとうございます。ひまわり通販の佐野と申します。本日はどのような商品をお探しでしょうか？」

さっそく電話が掛って来たらしく、佐野さんがマニュアルの言葉を話し始めた。

私も佐野さんも手元にはマニュアルを書いた紙があり、この通りに話していく事が決められている。途中でマニュアルには添わないトラブルがお客様との間にあったり、お客様の質問に知識不足で答えられない事があった場合は、電話を保留にして、挙手し、駆けつけたチームリーダーか、サブチームリーダーに指示を仰ぐ事になっている。そのため、A，B，C，Dの各チームのチームリーダー一人と、サブチームリーダー二人は、電話には応対せず、電話応対している人達の側を常に巡回している。研修で習った事だ。

「かしこまりました。それではお客様の会員番号を教えていただけますか」

お客様の希望している商品を確認し終わった佐野さんは、会員番号を聞いていた。これが分かればお客様が事前に登録している名前、生年月日、電話番号、住所がすぐに確認出来る。お客様が初めての場合はそれらの個人情報をまず聴取し、入力をする。お客様が会員番号を忘れしてしまった場合は、名前や生年月日で検索する。これらはすべてマニュアルに書いてある。

佐野さんの電話は順調に進んでいるようで、最後にお客様に商品を発送する先の住所を念のため確認する作業に入っていた。

あれ？

私は思わず前のめりになって、パソコン画面に表示されている住所を見つめた。

住所が二つ、表示されていたのだ。

「ご注文ありがとうございました。本日は佐野が承りました。失礼します」

佐野さんは電話を終え、パソコン画面の『切断』のボタンを押すと、ヘッドセットを外し、私に向き直って聞いてきた。

「どうでした？　何か不明のところはある？」

「はい、あの……発送先の住所が二つあるのが気になったんですが」

「ああ、これね。住所が複数登録されてある事はけっこうあるのよ。このお客様の場合は、自分の自宅と、職場の住所を登録してあるの。今回は職場に発送ね」

「職場で商品を受け取るって事ですか？」

「まぁ、そうね。このお客様は女性で、今回購入した商品はネックレスだったんだけど、たぶん、旦那様には内緒の買い物だったんじゃないかな」

「ああ……だから職場で受け取って……」

「そう、旦那にばれないようにね。お客様にもそれぞれ事情があるからね。だから、発送先の住所は入念に確認しなきゃ駄目よ。間違って違う住所に送っちゃったら、トラブルの元だからね」

「そうですよね……すごいクレームになりそうですね」

夫に内緒の買い物を間違えて自宅に送ってしまったら、かなりトラブルになりそうだ。

「そうそう。それで以前ね、すごい大変な事が起きてね……」

「大変な事？」

「あ、ああ……まぁ、別にそれはいいんだけどね。じゃあ、電話を続けるね」

「はい……」

佐野さんは電話を再開し、私はそれを引き続き真剣に聞いた。しばらく経つと、佐野さんは再びヘッドセットを外した。

「一時間経ったので休憩に入ります」

私はパソコンのディスプレイに表示された時間を見た。ちょうど午前九時だった。

「このコールセンターはお昼休憩の他に一時間に一回、五分間の休憩があります。もちろん皆が一緒に休憩を取ったら大変だから、お昼休憩も五分間休憩も、ちょっとずつ、ずらしてます。流川さんの今日のお昼休憩は午後一時からです。五分間の休憩時間は、トイレに行ってもいいし、喫煙室に煙草を吸いに行ってもいいし、ただ机でボ～ッとしててもいいです。流川さんは煙草は吸うの？」

「いいえ、吸いません」

「そう。実は私、喫煙者なんだよね。じゃあ、ちょっと吸って来るね。流川さんも自由に休憩して。トイレに行くなら、部屋を出て右に曲がって真っ直ぐ行った後、突き当たりを左に曲がったらあるから」

「分かりました」

佐野さんは席を立つと社員証を壁のセキュリティシステムにタッチして、部屋を出て行った。

私は佐野さんがいなくなった途端、急にトイレに行きたくなった。緊張がほぐれたせいかもしれない。私も席を立った。

部屋を出て佐野さんに教えて貰った通りに歩くと、トイレの表示マークを見つけた。

気がつくと駆け足になっていた。自分が思っていた以上に切羽詰まっていたのかもしれない。トイレのドアを開け、中に駆け込んだ。

その途端、足を滑らせて転倒した。

「い、痛……」

かなり派手に転んでしまい、床に打ちつけてしまった膝を抱えてしばらくうずくまった。

床が水で濡れていて、それに足を滑らせてしまったらしい。

ひどいなぁ、何で床に水が？　トイレが水漏れでもしてるのかな……。

ふと床についた手のひらを見た。え……？

何、これ……。

手が、真っ赤に濡れていた。

血？

思わず床を見渡すと、そこは、血に染まっていた。私は、血溜りの中にいた。

その事に気がついた瞬間、目の前が真っ暗になった。

第二章

一人目の殺人

1

目を開けると、眩しい明かりが目に入って来た。

「流川さん、大丈夫っ？」

誰かの声がして、ぼんやりと見ると、私を心配そうに覗きこむ、女性の顔が見えた。誰だったっけ、この人……。ああ、思い出した。チームリーダーの、須藤さん……。

「ここは……」

私は天井をぼんやりと見上げた。

「ダブルコミュニケーションの事務所よ。流川さん、トイレで倒れて、ここに運ばれたのよ」

「事務所……」

ゆっくりと周囲を見渡すと、自分が部屋の中のソファーに横になっている事を分かった。体の上には毛布らしき物が掛けられていた。

「……流川さんの顔や服に、汚れがついてたから、出来る限り拭き取ったけど、スーツはクリーニングに出してね」

スーツ？　ああ、そうだ、私は今日、黒いスーツを着て来たんだった。それに汚れがついていた？　どうして……。

その瞬間、トイレの中が血で染まっていた事を思い出した。

あの光景を目撃した後、目の前が真っ暗になって……たぶん、気を失ったのだろう。

そして、その後、この事務所に運び込まれたのだろう。私はゆっくりと起き上がった。その時、自分の髪の毛が鼻先をかすめ、鉄臭さが臭った。これは明らかに、血の臭いだ。そう感じた瞬間、吐きそうになったが、なんとか堪えた。事務所の中で吐くわけにはいかない。

「あの……あのトイレは、一体……」

目の前の須藤さんに聞くと、須藤さんは深刻そうな面持ちで、

「トイレの個室の中で……人が死んでいたの。詳しい事はまだ分かってないらしいんだけど、殺されたらしいわ。ナイフで、背中を刺されて。背中に凶器のナイフが刺さったままの状態で発見されたの……」

殺された……。背中を刺されて。じゃあ、あの大量の血は、殺された人から流れ出た血だったのか……。その血の中で、私は倒れていたのか。

再び吐きそうになり、思わず、口を手で押さえた。

「流川さん、大丈夫っ？」

須藤さんが不安そうな表情で私を見た。

「だ、大丈夫です……」

私は何とか平静を保って答えた。

「そう……。でも、流川さんに何事もなくて良かった。怪我もしていないみたいだし……。今日はもう帰っていいわよ。コールセンターの業務も中止だし」

「中止……？　どうしてですか」

「……殺された人は、うちのコールセンターで働いている人だったの。私のAチームに所

属している人じゃなくて、じチームの人だけどね」

「……どうして、コールセンターの人が」

「詳しい事は、まだ何も分からないの……」

「……」

「明日は業務を再開出来ると思うから、流川さんも会社に来てね。警察の人がね、流川さんに話を聞きたいって言ってるから。実はさっきまでここにいたんだけどね」

「……分かりました」

警察が私に話を聞きに来る……。私が第一発見者だからかもしれない。

「一人で帰れる？　タクシーを呼びましょうか？」

「……いえ、大丈夫です。電車で帰ります」

私はソファーから立ち上がった。タクシーだと渋滞に掴まりそうな気がした。一刻も早く、マンションに帰りたかった。

2

マンションの自分の部屋の中に入ると、私はすぐに着ていたスーツを脱ぐと、シャワーを浴びた。髪の毛を洗い、全身を石鹸の泡で洗い流すとようやく少し落ち着いた気持ちになった。髪の毛をドライヤーで乾かし、バスルームから出ると、日本から持って来ていたワンピースに着替え、床に脱ぎ散らかしてあったスーツを紙袋に入れた。須藤さんの言葉がふいに蘇った。クリーニングに出す？　こんな服、もう着れるわけがない。勿体ないが捨てるしかないと思った。

早くゴミに出そう。あれ……？　そういえばこのマンションのゴミのルールって、どうなってたっけ。ちゃんと確認してなかった。

机の上に置いてある時計を見る。

ちょうどお昼の十二時になっていた。

管理人の安斉さんは確か午前七時から午後三時までいると言っていた。私は部屋から出ると、エレベーターで下まで降りて行った。

一階に着くと、広いエントランスをキョロキョロと見回す。管理人室って、どこなんだろう……。エントランスを歩き回っていたら、ガラス扉の部屋が目に入った。近付くと、扉に管理人室と日本語で書いてあった。ガラス越しに中を覗くと、安斉さんが机でパソコンに向かっている姿が見えた。私は扉を開けた。

「安斉さん」

「あ、はい。ああ……流川さん？」

安斉さんは顔を上げてニッコリと微笑んだ。

「あの、今、大丈夫ですか……？」

「ええ。何か困った事でも？」

私は管理人室の中に入った。

「ゴミって、何曜日にどこに捨てればいいんでしたっけ」

「ああ、ゴミね。それは部屋の前に出しておいてくれればいいわよ。このマンションはホテルも兼ねてるから、朝になったらホテルの従業員が各部屋の掃除をするから、その時に一緒に片付けてくれるから」

「そうなんですか……便利ですね」

「そうなの、本当に便利なのよねぇ、このマンション。頼めば部屋の掃除やベッドのシーツやタオルの交換もしてくれるわよ。それはオプションだから、ちょっとお金がかかるけど。どうする？　そのサービスも頼む？」

「いえ、それは大丈夫です。洗濯や掃除は自分でやります」

「まぁ、節約のためにはその方がいいかもね。でもコインランドリーで洗濯をした後、干すのは自分の部屋のバルコニーがいいわよ。乾燥機は物によっては縮んじゃったりするから。洗濯物を干すスタンドはもう買った？」

「いえ、買ってません」

「じゃあ早く買った方がいいわよ。このマンションを出て左に曲がって真っ直ぐ歩くと大通りにぶつかるから、歩道橋を渡って、左に歩いて行くと大きなスーパーマーケットがあって、そこで売ってるから。マンションから歩いて十分ぐらいかな。食材もそこで買えるから」

「ありがとうございます。土曜日にでもさっそく買ってきます」

「うん、そうね」

「……」

私は聞きたい事を聞き終わったのに、まだそこに立っていた。

「？　まだ、何か？　そういえば……確か、流川さんってダブルコミュニケーションのコールセンターに勤めてたわよね。あそこって午後五時までが勤務時間じゃなかったかしら

「……」

　安斉さんは不思議そうに壁の時計を見上げた。

「今日は早退でもしたの？　体調でも悪いのかしら」

　安斉さんは心配そうな表情を私に向けた。

「実は、今日……コールセンターの業務が中止になって……」

「業務が中止っ？　どうして？　何かあったの？」

「……」

　黙ったまま立っている私を見て、安斉さんは何かを察したのか、椅子から立ち上がった。

「私で良かったら話を聞くから、そこのソファーに座って」

「……」

「待ってて、お茶を入れて来るから」

　安斉さんはニッコリと微笑むと机の後にあるドアから出て行った。

　私はソファーに腰を下ろした。正直、ホッとした。あんな事があった後で、部屋に一人でいたくなかった。誰でもいいから側に居て欲しかった。

　しばらくするとトレイにカップ二つとお菓子のような物を乗せて、安斉さんが戻って来た。

　安斉さんはテーブルにカップとお菓子を置くと、私の真向かいに座った。

「紅茶と、あとフィナンシェよ。好きかしら」

「はい。どっちも好きです」

「良かった。どうぞ召し上がれ」

「……ありがとうございます」

私は紅茶のカップに手を伸ばし、湯気の上がった紅茶を飲んだ。体が温まるにつれ、気持ちも段々落ち着いてくるのが分かった。

「お菓子もどうぞ」

安斉さんの声に促され、フィナンシェも手に取って口に運ぶ。甘い焼き菓子の味が、更に心を落ち着かせてくれた。私は大きく息を吐いた。

「安斉さん、ありがとうございます。やっと少し落ち着いてきました。実はさっきまで、ちょっとパニック状態で……」

「いったい、何があったの……？」

「……実は」

少し迷ったが、結局起こった事をすべて打ち明ける事にした。後で安斉さんもニュースで知る事になると思ったし、誰かに話す事で自分の心を軽くしたかったのかもしれない。

私の話を聞き終わると、安斉さんは信じられない、といった様子で呆然としていたが、目の前にあるカップを口に運び、一口飲むと口を開いた。

「仕事をしているビルのトイレで殺人事件が起こるなんて、びっくりよね……。しかも、自分の会社の人が殺されるなんて……」

「はい、本当にびっくりして……。正直、今でも、現実の事とは思えなくて……」

「そうよね、夢であってくれたらって思っちゃうわよね。殺人事件がまさか自分の身近で起こるなんて思わないものね。早く犯人が捕まるといいわね……」

「……そうですね」

犯人。そうだ、殺された人がいるという事は、当たり前だが殺した人がいるという事なのだ。一刻も早く捕まって欲しい。そうじゃなきゃ、怖くて落ち着いて仕事も出来ない。

安斉さんは私の事をじっと見つめると、

「不安な気持ちになったらいつでも相談してね。私、自分に子供がいないせいか、若い人を見ると自分の子供のように感じるの」

「いいえ、私、そんなに若くないですよ」

「若いわよ。流川さんって、三十代前半ぐらいでしょ？」

「はい。三十三歳です」

「私が五十六歳だから、子供のような年齢よ」

五十六歳……。私のお母さんとちょうど同い年だ、とふいに思った。

「私の事、バンコクのお母さんだと思ってね。迷惑じゃなかったらだけど。ふふ」

「ありがとうございます……」

恐らく、このマンションに住んでいる若い人全員に言っている言葉なんだろうけれど、それでも嬉しかった。そんな事を言ってくれる存在がいるだけで、心強かった。

管理人室の扉が開き、日本人らしき女の人が顔を出した。

「安斉さん、ちょっとトイレの水の出が悪いんだけど……」

「あ、ホントですか？」

安斉さんがソファーから立ち上がった。私も同時に立ち上がる。

「私、もう自分の部屋に戻ります。話を聞いていただいて、ありがとうございました」

「そう……？　何かあったらいつでも言ってね。ここには午後三時までいるし、携帯に電話してくれてもいいから。携帯番号はこの間渡した名刺に書いてあるから」

安斉さんは親切にそう言ってくれた。私は再度お礼を言って管理人室を後にした。


自分の部屋に戻り、しばらくボンヤリしていたらあっと言う間に夕方になった。だけど全くお腹が空かない。今日はもう食べなくていいや。もう一度お風呂に入ってから、寝てしまおう。明日に備えて携帯を充電しようと思い、バッグから取り出すと、着信履歴があった。

桜木さんからだった。そういえば研修の初日に皆で屋台で食事をした時、全員で携帯番号を交換したんだった。ふと銀縁眼鏡の佐々木さんの事を思い出した。佐々木さんの番号も登録してあるけれど、もう佐々木さんは日本に帰ってしまったから削除した方がいいかもしれない。これから電話する機会も無いだろうし……。

私は桜木さんの携帯に電話を掛けた。

「あ、流川さん？　もうマンションに戻ってるの？」

「はい、お昼頃戻って来ました」

「そうなんだ……。私と、あと他の同期の皆も、流川さんの事が心配で一緒に帰ろうと思って待ってたんだけど、強制的に帰らされて……」

「……そうだったんですか。ありがとうございます。心配かけてごめんなさい」

桜木さんだけじゃなく、他の増田さんや島崎さんや今村さんも待っててくれたのか……。皆の優しさがありがたかった。

「ううん、全然。流川さん、明日は仕事に来られる？」

「はい、行くつもりです。警察の人に話もしなきゃいけないらしくて」

「警察に……？　ああ、そうか。流川さん、現場を見たんだものね……。そういえば須藤さんも警察に話を聞かれてたな……」

「須藤さんが？」

「うん。実はね、流川さんをトイレで発見したのは、須藤さんなんだよね……。個室の中で殺されている人を発見したのも……」

「え……」

「休憩時間が終わっても流川さんが帰って来ないから、心配して須藤さんがトイレを見に行ったの。たまに体調を崩してトイレで倒れている人とかいるみたいで。そういう事をするのも、チームリーダーの仕事みたい」

「……そうだったんですね」

「須藤さんが発見した時はすでに個室の中の人は、亡くなってたみたい……」

「……」

私の様子を見に来て、須藤さんは遺体を発見してしまったのか。そう思うと申し訳ない気持ちになった。本当だったら私が発見するはずだった遺体を、須藤さんは私の代わりに発見してしまったのだから。誰だって、遺体なんて見たくないに決まっている。ましてや、ただの遺体ではなく殺されていたのだから。

　桜木さんとの電話が終わった後、急に頭痛を感じてベッドに横になった。もう一度、お風呂に入らなきゃ、と思いつつ、頭が痛くて動けない。お風呂に入って何度も体を洗い流せば、自分が目撃した凄惨な光景の記憶も同時に流れ落ちてくれるような気がしていた。この、頭にこびりついた、あの光景を消したい。そう思いながらも、強い頭痛に襲われ、目を閉じた。

3

翌日、コールセンターに行くと、すぐに佐野さんに事務所に行くように言われた。事務所の中に入ると、そこには須藤さんと、タイの人らしき中年の女性と、中年の男性と、若い男性がいた。

私は須藤さんに言われるまま並んでソファーに座った。向かいにタイの女性と男性二人が座った。女性が口を開いた。

「私達はバンコク警察の者です。この男性二人は刑事です。私は専属の通訳です」

ああ、そうか。警察が私に話を聞くために通訳を用意したのか。私は目の前にいる刑事だという二人の男性をじっと見た。

テレビドラマでは見慣れている存在だけど、もしかしたら本物の刑事を見るのは初めてかもしれない。それにしても、本物もドラマと同じように中年の人と若い人がセットになっているんだなと妙な所で感心する気持ちになった。中年の人は若い人に色々教える役割があるのかもしれない。

若い刑事が通訳の女性に話を始めると、通訳の女性が私に話の内容を伝えた。

「鑑定の結果、殺された契約社員の渡辺加奈子さんの死亡推定時間は午前八時から午前九時の間という事が分かっています。それで、お聞きしたいのですが、流川さんがトイレに行ったのは、何時ぐらいですか？」

　殺された人はコールセンターのCチームに所属している人だったと須藤さんが言っていたけれど、正社員ではなく私と同じ契約社員で、名前は渡辺加奈子さんというのか……。

「私がトイレに行ったのは、たぶん、午前九時を少し過ぎた時間だったと思います。九時ちょうどに五分間休憩に入って、それから少ししてから席を立ったので」

　通訳の女性が若い刑事に話を伝え、また通訳の女性は私に向き直って話した。

「それでは、トイレは個室が二つありますが、あなたがトイレに入った時、誰かを見たりしませんでしたか？　殺された人とは別に」

「いえ……見ていません」

「トイレに向かう途中、廊下で誰かとすれ違いませんでした？」

「いえ……誰とも」

　私の答えを通訳の女性を通じて聞いて、若い刑事は肩をすくめた。そして何やら隣の中年の刑事と話すと、再び通訳の女性と話した。通訳の女性は頷くと、

「分かりました。それでは、何か思い出した事があったらバンコク警察までご連絡下さい。これが電話番号です。私に直接繋がります」

　そう言って通訳の女性は番号が書かれたメモ用紙を私に手渡した。

　警察との話が終わった後、須藤さんとコールセンターに戻り、昨日と同じように佐野さんの隣に座った。

佐野さんはヘッドセットを外すと、話し掛けて来た。

「お疲れ様。昨日は、大変な目に遭っちゃったわね……。体調は大丈夫？」

佐野さんの目には同情の色が浮かんでいた。私は出来るだけ明るい表情で大丈夫ですと答えた。

「そう、良かった。実は昨日は本当に大変だったのよ。コールセンターの中も大騒ぎになって……。でも、そりゃそうよね、同じ会社の人が殺されたんだから……」

「渡辺加奈子さんって方なんですよね……」

「そう、Cチームの人。年齢は三十代後半ぐらいかな。確かまだ独身だったはず。小柄で、大人しそうな人だった。私はチームも違うし、あまり面識はなかったんだけどね。ここはとにかく人数が多いから」

「そうですね……」

確かに二百人ほどいるこのコールセンター全員を覚えるのは至難の業かもしれない。

「須藤さんには、申し訳ない事をしちゃったな……」

佐野さんが独り言のようにポツリと呟いた。私が「え？」と聞き返すと、

「実は流川さんがなかなか戻って来なかった時、本当だったら私がトイレに様子を見に行くはずだったの。直接指導している立場だしね。でも、須藤さんが代わりに行ってくれて……それで、あんな事になって……」

佐野さんは落ち込んだ様子で打ち明けた。

私は佐野さんの様子を見て、佐野さんも私と同じように、須藤さんが自分の代わりに遺体を発見した事を申し訳なく思っているんだなと思った。自分のせいで、本当だったら経

験する必要の無い、辛い体験をさせてしまった事を。

私はふいに目の前に広がった血の海をまた思い出してしまった。絵具なんかじゃない、本物の血。鉄臭い、生臭い、血溜まり。須藤さんはあの血溜まりだけではなく、そこで血を流して倒れている本物の遺体まで見てしまったのだ。それがどんなに辛い体験か容易に想像出来た。血溜まりしか見ていない自分だって、こんなに辛いのだから。

私も改めて須藤さんに申し訳ない気持ちになった。

「なんかおしゃべりしてたら時間が経っちゃったわね。電話を始めましょう」

佐野さんはヘッドセットを付けて、パソコン画面の『受信』のボタンをマウスでクリックした。

私は通話をしている佐野さんの横で、側を巡回している須藤さんをチラリと盗み見た。須藤さんは動揺の欠片も感じさせない冷静な面持ちで歩いていた。まるで昨日の出来事を全く忘れてしまっているようだった。でも須藤さんも本当はまだ辛くて、だけどチームリーダーとしての立場上、その辛い気持ちを必死で隠して表には出さないようにしているのだろうと思った。私も仕事をちゃんと頑張らないと。そう思い、佐野さんの方に意識を戻した。

4

午後一時になり、お昼休憩の時間になったので、私はセキュリティシステムに社員証をタッチして、部屋の外に出た。

屋台でお昼ご飯を食べようかなと考えながらエレベーターを待っていたら、後から肩を叩かれた。振り向くと、桜木さんと増田さんと島崎さんと今村さんがいた。

「流川さん、これからお昼でしょ。皆で一緒に食べようよ」

桜木さんが笑顔で言った。

「はい、そうですね」

私達五人はエレベーターに乗り込んだ。

「どこに食べに行きます？　また屋台にしますか？」

島崎さんが皆に聞いた。

「屋台は店によってはお腹を壊す可能性がありますからね……。この前はたまたま大丈夫でしたけど」

増田さんが若干不安そうな表情で呟いた。

「じゃあ、ターミナル21で食べない？」

今村さんが提案してきた。

「あ、いいかもね。ここからすぐ近くだし」

桜木さんが今村さんの提案に賛同して言った。

「ターミナル21ってレストランですか？」

私が桜木さんに聞くと、

「ううん、アソーク駅に直結している総合ビルの事。ショッピングモールや、レストラン街があって、映画館も入ってるし、デパ地下もあるの。何でも揃ってるすごく便利なビルなのよ。バンコクで有名な場所よ」

「そこのフードコートで食べようよ。安くて美味しい上、衛生的みたいだし」今村さんが言うと、

「そうね、皆もそこでいい？」

私を含め、他の皆も頷いた。その時ちょうどエレベーターが一階に着き、扉が開いた。アソーク駅の歩道橋の通路を渡ると大きなビルの入り口に繋がっていて、皆で中に入った。

私はビルの中を見て、思わず目を見開いた。中はとても広く、中央が大きく吹き抜けになっていて、そこに各階に繋がるエスカレーターがあり、とても近代的な作りだった。

「フードコートは五階だけどエスカレーターで行こうか」桜木さんが言うと、

「そうですね、エレベーターよりエスカレーターの方が各階の様子が見れて、楽しそう」増田さんがウキウキした様子で言った。他の皆も同意し、列になってエスカレーターに乗った。桜木さんが先頭でそれから私、増田さん、島崎さん、今村さんと並んだ。

「ターミナル21は空港のターミナルをイメージしてるらしくて、世界中の色々な国に繋がるイメージで作られているみたいよ。各階のフロアはローマ、パリ、ロンドン、東京なんかをイメージしてるんだって。例えば、ローマをイメージしてるフロアなんかは、ブランドショップがたくさん並んでるみたい」

桜木さんが振り返り、丁寧に私に説明してくれた。

「イタリアといえば、ブランドですもんね。でも、とても買える値段とは思えないから、そのフロアに行く事はないかな……」

私がそう言うと、桜木さんはじっと私を見つめ、

「ふうん……」と、呟いた。

あれ？　私、何か変な事言ったかな。桜木さんはまた話を続けた。

「東京のフロアは通路にたくさん提灯が並んでいて、写真を撮って行く人も多いらしいわよ」

「提灯？　それがタイの人の日本のイメージなのかしら。提灯なんて、お祭りの時ぐらいしか飾らないのに……」

私の後にいる増田さんが腑に落ちない様子で言った。

「東京って特徴が無いといえば無い都市だものね。タイの人にとってもなかなかイメージしづらくて、とりあえず提灯を飾ってみたんじゃない？」

桜木さんがフォローするように言った。

なるほど。言われてみればそうかもしれない。

「今日はフードコートで食事をする時間ぐらいしかないけど、改めてまた皆で来たいわね」

桜木さんが笑顔で言った。

「そうですね」私も増田さんも笑顔で頷いた。


五階のフードコートに着くと、たくさんのお店が並んでいて大勢の客で賑わっていた。

広いフロアに飲食用のテーブルと椅子がたくさん並んでいたが、見たところ空席は見当たらなかった。

「すごい混んでるな。満席なんだけど……」

今村さんがびっくりしたようにフロアを見渡した。

「ターミナル21のフードコートは安くて美味しいから人気があるとは聞いていたけど、こんなに混んでるとはね……」

桜木さんも予想外だったらしく、驚いているようだった。

「側にあるオフィス街から来た人達だけじゃなく、旅行者の人達もいそうですね……」

島崎さんが言った。確かに、よく見るとスーツケースをテーブルの脇に置いて食事をしているグループがけっこういた。

「あ、空きが出ましたよ！」

増田さんが離れた場所を指差して声を上げた。増田さんが指差した方向を見ると、お皿の乗ったトレイを持って立ち上がっている数人のグループが見えた。

「ホントだ！　早くあのテーブルを確保しないと！」

今村さんはそう言うとダッシュでそのテーブルに駆け寄り、テーブルの上にバッグから取り出した水のペットボトルを置いて、帰って来た。

「ああしとけば、大丈夫だろ。さ、食事を注文しにいこう。あれ、そういえばここってどういう風に注文するんだろ。普通にメニューを選んでお金を渡せばいいのかな」

「ここはクーポンカードを買って、そのカードに現金をチャージして支払うみたい」

桜木さんが説明した。

「そうなんだ、日本のスイカみたいだな。でもその方がいちいちお金を出さずに済んで便利かもな。そのカードってどこで買うわけ？」

「専門の受付所があるみたいだけど……あ、あそこじゃない？」

桜木さんが指差した先に受付所らしき物が見えた。私達は受付所に移動し、カードに現金をチャージして貰うと、それぞれ好きな食事を注文するために散り散りになった。

私は一人で歩きながら、たくさん並んでいるお店のメニューの看板を眺めた。タイ料理ばかりかと思っていたけれど、色々な種類のお店があって、中華もあった。まさに選び放題だ。桜木さんがここのフードコートは安いと言っていたけれど、値段も本当に安い。百バーツ、日本円で三百円もあれば、お腹がいっぱいになりそうだ。

人気店なのか、行列が出来ている店もあったけれど出来るだけ早く注文したかったので、空いている店を選んだ。そこでご飯と魚と野菜がワンプレートに乗っている食事を注文した。店員さんはタイの人だったけれど、別にタイ語が話せなくても全然問題なかった。食べたい物を指差しすれば、それで分かってもらえる。それをトレイに乗せながら別の店に移動する。飲み物も買いたかった。

ふと見ると果物が店頭に山盛りに置いてある店があった。側にはミキサーが並んでいるので、果物ジュースの店だろう。絞り立ての果物ジュースもいいかもしれない。側に行って看板のメニューで値段を見ると、信じられないぐらい安い。さすが、熱帯の国、タイ。果物の値段そのものが、日本とは違うのかもしれない。

大好きなマンゴージュースを注文し、店員さんがジュースの入ったグラスを手渡してくれた。私はトレイにグラスを置くと、なんとなくテンションが上がり、昨日の事件で沈み込んでいた心に光が射すような気持ちになった。

ジュース一杯で我ながら単純だけど……。

トレイを持って、今村さんが確保してくれたテーブルに行くと、もう他の皆は揃っていた。

「遅くなっちゃって、ごめんなさい」

私は慌てて椅子に座った。

「大丈夫、私も今来たところ」

桜木さんが笑顔で言った。

「じゃ、揃ったところで、さっそく食べようか」今村さんが言って、皆で揃っていただきますと言って、食事を食べ始めた。桜木さんは麺類で、増田さんは中華マンのようなもの、島崎さんはお粥のようなもの、今村さんは私と同じようなワンプレートにご飯と唐揚げと野菜が乗っている物を食べていた。食べ始めてしばらくすると今村さんが、

「よく考えたらこんな風に女性に囲まれて食事するのって初めてかも。なんか新鮮だな」と笑顔で言った。

「この前屋台で食事した時は佐々木さんがいましたもんね。でも、うちのコールセンターってすごく女性が多いですよね」

増田さんが不思議そうに言ったので、

「コールセンターって大体どこもそうですよ。お客様は電話を掛けた相手が女性の方が安心するみたいで。機械系の問い合わせはまた別みたいですけど」

私が答えると、増田さんは「へー、そうなんですね」と感心したように言った。

「今村君、職場が女性ばかりだとちょっと居心地が悪かったりする？」

桜木さんが聞くと、今村さんは、

「全然！　むしろ大歓迎！　俺、女性がホンット大好きだから！」

と目をキラキラさせて答えた。私はそんな今村さんを見てげんなりした気持ちになった。こういうところが、すごく似てるんだよなぁ……。

今村さんは私の視線を感じたのか、私を見て、

「そういえば流川さん、昨日、大変だったなー。トイレに入ったら血だらけで、驚いて気を失っちゃったんだろ？　もう大丈夫？」

その場が、シンと静まり返った。

「今村君ったら……なんでストレートにそういう事聞いちゃうかな……。さっき、流川さんはきっとショックを受けているだろうから、その事には触れないでおこうって皆で話したじゃない……」

桜木さんが呆れたように今村さんを見て言った。

「そうですよ……デリカシーが無さ過ぎます」

増田さんが言うと、隣に座っていた島崎さんも頷いた。

「皆、心配してくれてありがとう。でも、私はもう大丈夫ですから、気を使わないで下さい」

私が素直に自分の気持ちを言うと、桜木さんがホッとした表情で、

「そう……だったら良かった。流川さん、今回の事が原因で仕事を辞めて日本に帰っちゃうんじゃないかって思ってたから……。実際、もう日本に帰るって言っている人もコールセンターにいるしね……」

「え……そうなんですか」

「身近で人が殺されたんだから、そう思う気持ちも分かるけどね……。でも本当に帰る人

は少ないと思う。だって今日本に帰っても仕事も住む家も無いだろうし……」

「……そうですよね」

私もそうだ。今、日本に帰っても何もない。仕事も辞めて、東京の賃貸アパートも引き払って、恋人とも別れた。言ってみれば、すべてを捨ててここに来たのだから。

「タイの警察は犯人の目星は、もうついているんですかね……。今朝、テレビでニュースを見ても何の続報も無かったですけど」

増田さんが不安そうな面持ちで言った。

「え、増田さん、タイのニュースを観てるの？」

今村さんがびっくりしたように増田さんを見た。

「ううん、日本のニュース。タイのテレビでもＮＨＫが見れるから」

「ああ、ＮＨＫワールドか。やっぱり、日本でも今回の事件はニュースになってるんだな」

「そりゃそうよ。日本人が殺されたんだもの」

私は今村さんと増田さんの会話を聞きながら、考え込んだ。

「犯人はいつ、渡辺加奈子さんを殺したんでしょうね……」

私がそう呟くと、皆がえ？　という顔を私に向けた。

「バンコク警察の人が、渡辺加奈子さんが殺されたのは午前八時から午前九時の間だって言ってたんです。でも、コールセンターの勤務時間はちょうど午前八時からで、それから一時間後の五分休憩まで、トイレには行けませんよね。だとしたら、いつ、殺されたのかなって……」

「基本的には五分休憩までトイレに行ったら駄目らしいけど、絶対駄目ってわけじゃないみたいよ。行きたくなったら行っていいみたい」

　桜木さんが訂正した。

「あ、そうなんですか……」

　よく考えたらそうか。自然現象だし……。

「でも、私達みたいな研修中は別にして、コールセンターでは皆、ずっとお客様と話しているから、渡辺さんが何時頃トイレに行ったか、誰も分からないみたい」

　桜木さんが眉間に皺を寄せて言った。

「俺達はまだ勤め始めたばかりだし、チームも違うし、仕方ないよな。でも、刑事が昨日、皆の前でその事を聞いていたけど、本当に誰も知らなかったな」

　今村さんが腕を組んで言った。

「でも、ちょっと不思議ですよね。渡辺さんと同じCチームの人も気付かなかったなんて。隣の席の人とかも分からなかったんですかね。あと、側を巡回しているチームリーダーやサブチームリーダーの人達も」

　島崎さんが腑に落ちない様子で言った。

「チームリーダーやサブチームリーダーは、しょっちゅう質問に答えたりしていて忙しいし、他の皆も、自分の業務に集中していたのかもしれませんね……」

　増田さんが神妙な顔で呟いた。

　確かに、増田さんの言う通りかもしれないと思った。コールセンターの様子を思い出す。二百人あまりの人がヘッドセットを付け、目の前のパソコンのディスプレイだけに向かって一心に話す。あの両耳を覆う大きなヘッドホンは左右の視界も少し遮っている。そんな風に業務に集中していたら、隣の人が席を立っても、もしかしたら気がつかないかもしれない。

　そう思った瞬間、私はハッとして、

「あ、でも、社員証がありますよね。あの社員証に、部屋の出入りの記録が残っているんじゃないですか？」と皆に言った。

「そうですね。社員証をセキュリティシステムにタッチしないと部屋を出られないし」

　増田さんが頷いた。

「それが……これは今日喫煙室に行った時、Cチームのリーダーの人に聞いたんだけど、渡辺さんの社員証は、朝、七時四十五分にコールセンターの部屋に入った記録はあったけど、その後、部屋を出た記録が無かったらしいの」

　桜木さんが言った。

「え……どういう事ですか」

　訳が分からず桜木さんに聞き返すと、

「これは想像だけど、たぶん渡辺さんはトイレに行くために部屋を出る時にセキュリティシステムにタッチしなかったんだと思うの」

「でも、それじゃ部屋から出られないじゃないですか」

「つまり、自分ではタッチしなかったんだと思う。たぶん同じタイミングで部屋を出る人が他にいて、その人に便乗して一緒に部屋に出ちゃったんだと思う」

「ああ、なるほど……。でもそのやり方だと、出た後、部屋に入れなくなるんじゃないですか。私、以前別のコールセンターに勤めていた時、同じ事をやっちゃいましたけど、入れませんでしたよ。カードに退室の記録が無いと、入室が出来なくなるみたいで。後から部屋に入れなくなるような事はしないと思うんですが」

「渡辺さんがその事を知らなかった可能性は低いから、うっかり度忘れしていたか、トイレに早く行きたくて、ついやっちゃったんじゃないかな」

「なるほど……その可能性はありますね」

「それにしても、犯人はいったい誰なんだろうな……。渡辺さんの知り合いだとしたら、動機はいったい何なんだろう……恋愛絡みかな。渡辺さんは独身だったみたいだし。振られた男がやけになったのかな」

　今村さんが言うと、

「でも、女子トイレで殺されたんだから、犯人は女性じゃないですか？　男性は中に入れないじゃないですか」

　と島崎さんが異議を唱えた。

「それは断言出来ないわよ。トイレの中に誰もいなかったら、男性だって入れるでしょ。変装をしていたかもしれないし。あと、犯人が渡辺さんの知り合いとは限らないと思う。それこそ通り魔的な犯行かもしれないし」

　桜木さんがそう言うと、

「通り魔？　どういう事ですか？」

　増田さんが恐怖で引きつった顔を桜木さんに向けた。

「もしかしたら犯人は、殺す相手は誰でも良かったのかもしれない。女子トイレの中に入ったって事は、女性を殺したかったのかもしれないけど、でも、女性だったら誰でも良かったのかもしれない……。犯人は誰もいない女子トイレの個室の中にあらかじめ隠れていて、誰かが入ってくるのを待っていた……。そして、たまたま入って来たのが渡辺さんだったのかもしれない」

「そんな……怖すぎる」

増田さんが震える声で呟いた。本当に恐怖を感じているようで、顔が青ざめていた。

「まぁ、トイレに隠れていたとしたら、人殺しが目的じゃなく、痴漢目的だったのかもしれないけどね。そこを渡辺さんに見つかってしまって、焦って殺してしまったのかもしれない」

「痴漢目的でトイレに隠れているのも、充分怖いです……。でも、犯人はナイフを持っていたんだから、やっぱり初めから殺しが目的だったんじゃないですか?」

島崎さんが疑問を口にすると、

「分からないわよ。女性に騒がれないために脅し目的で持っていたのかもしれないし」

桜木さんが冷静に返した。

「それにしても、犯人はどうして現場に凶器のナイフを残していったのかな。渡辺さんは背中にナイフが刺さったままの状態で発見されたって刑事が言ってたけど……」

今村さんが訝しげに言うと、

「そうですよね。凶器から犯人が特定される場合もあるのに……」

増田さんも首を傾げた。

「返り血を浴びないためじゃない?　ナイフを抜き取ると大量の血を浴びる事になるじゃない。ナイフはたぶん大量生産されていて、購入者を特定するのが難しい物を使ったんだと思う。もちろん指紋も拭き取っていると思う」

　桜木さんが説得力のある説を言った。

「犯人は用意周到なタイプなんですね……早く捕まって欲しいです……」

　増田さんは恐怖のあまり寒気を感じたのか、自分の両腕をさするような仕草をした。

　その場にいる他の人も同じように恐怖を感じたのか、皆、黙ってしまった。静まり返った中食事をしていると桜木さんが沈黙を破って口を開いた。

「ところで……急に話は変わるけど、皆、週末は暇？　良かったらどこかに出掛けない？　タイは観光スポットがたくさんあるし」

　桜木さんの提案に私を含め、皆賛成した。皆、心のどこかで気分転換をしたいと思っていたのかもしれない。

「週末っていうと、日曜日ですか？」

　増田さんが聞くと、

「私は土曜日がいいと思ってるんだけど。日曜日だと明日が仕事でちょっとキツイんじゃないかなと思って」

「土曜日ですか……。実は私、土曜日はちょっと用事があって……」

　増田さんが申し訳なさそうに言った。

「私も土曜日は用事があって……」島崎さんも言った。

「二人とも、用事があるんだ。じゃあ、日曜日にしようか。流川さんと今村君は日曜日で大丈夫？」

　私と今村さんは頷いた。

具体的にタイのどこに行こうかという話になったが、あまり遠くではなく近場にしようという事になり、バンコクで有名な観光名所である寺院のワット・ポーに決まった。

それから食事を終えると、職場のビルに皆で戻った。

5

目が覚めて、ベッドから起き上がると、枕元の携帯で時間を確認した。えっ、十時！？何でこんなに遅い時間なのっ？　また携帯のアラームがオフになってたのっ？　と慌てたところでハッとする。そうだ、今日は土曜日だ……。仕事は休みだ。ホッとした後、ベッドから降りて窓を開ける。とても良い天気だった。風も心地良い。

しばらく風に吹かれた後、今日は洗濯物をまとめて洗おうと思った。そこまで考えて、思い出した。そうだ、まだ洗濯物を干すスタンドを買っていなかった。

確か、安斉さんが近くのスーパーマーケットで売ってると言ってたっけ。あれ、でもそのスーパーってどう行くんだっけ。せっかく道を教えて貰ったのに忘れてしまった。ちゃんとメモしとけばよかった。

もう一度安斉さんに教えて貰おうと思い、顔を洗った後、パジャマからワンピースに着替え、ショルダーバッグを持ってエレベーターで一階に降りて行った。

一階の管理人室に行き、ガラス扉から中を覗く。あれ？　中に安斉さんはいなかった。安斉さんではなく、五十代半ばくらいの男の人が机でパソコンに向かっている。

あ、そうだった。私は思い出した。安斉さんは月、火、水の担当で、木、金、土は安斉さんの旦那さんの担当だった。旦那さんの名前は何だったたっけ……。聞いたような気がするのに忘れてしまった。

私の視線を感じたのか、旦那さんはパソコンから顔を上げて、怪訝そうな顔をこちらに向けて来た。私はガラス扉を開けて中に入った。

「すみません、六百二号室の流川と言います。今週からこのマンションでお世話になっています」

「六百二号室の流川さん……ああ、ダブルコミュニケーションにお勤めの方ですね。彼女から話は聞いていますよ」

旦那さんは笑顔になって机から立ち上がった。痩せていて、ふくよかな安斉さんとは対照的な体型だった。

「このマンションの管理人の安斉四朗と申します。よろしくお願いします」

そう言って私に名刺を渡してくれた。その名刺は濃いブルーの色で、黒字で名前や電話番号が書いてあった。奥さんがオレンジで、旦那さんがブルーか。夫婦でカラフルだな。

私がさっそくスーパーまでの道順を聞くと、旦那さんは親切に教えてくれた。

「ありがとうございました。それじゃ失礼します」

私が部屋から出て行こうとすると、

「あ、流川さん、朝食はもう食べました？」

「いえ……まだなんです。今日はちょっと寝坊しちゃって」

私は照れ隠しに笑って言った。

「だったら、このマンションの一階にあるカフェのモーニングがお勧めですよ。十一時までやってますから。安くてすごく美味しいですよ。良かったら食べてみて下さい」

「ありがとうございます」

私はお礼を言って部屋から出て行った。

カフェのモーニングか……。ここのところ朝食はずっとマンション内にある二十四時間営業のコンビニで買ったバナナとパンとインスタントコーヒーで済ませていたけれど、休みの日ぐらいはちょっと贅沢してもいいかもしれない。私はカフェに向かった。

カフェの中にいると、あまり人はいなかった。まだお昼には早いし、人がいない時間帯なのかもしれない。ん？　なんだか奥の席に見た事があるような人が……。

私は嫌な予感を覚えて、ゆっくりUターンをしようとしたが、カフェの奥から大きな声が響いた。

「あっ！　流川さんじゃん！　流川さんもカフェで朝ご飯？」

奥の席にいたのは、今村さんだった。私はなんとかぎこちない笑顔を浮かべた。

「俺のテーブルで一緒に食べようよっ」

今村さんは席から立ち上がって大きく手を振っている。私は人の目が気になって仕方なく今村さんの向いの席に座った。

「ここのモーニングはAセットとBセットがあるんだけど、Aセットがお勧め」

今村さんはメニューを広げて言った。

Aセットはサラダと果物と目玉焼きとトーストに、コーヒーが付いていた。Bセットは同じようなメニューだったけれど、目玉焼きが無かった。

「ああ、じゃあ、Aセットにしようかな」

「Aセットね！　店員さん、すみませーん、Aセット一つ下さい！」

今村さんは人差し指を立てて言った。明らかに日本語でオーダーしているけど、大丈夫かしらと思ったが、カウンターの向こうにいるタイ人の店員さんは笑顔で頷いた。一応、通じてるんだ……。

Aセットが届く間、今村さんと何を話していいか分からず考えてしまったが、今村さんは悠然とコーヒーを飲んでいた。もうご飯は食べ終わっているようで、お皿の上は空だった。今村さんはコーヒーカップを置くと、こっちを見て、

「流川さんってさ、大人しいよね」

「え？」

「いかにも人目を気にして生きてる日本人って感じ。でも海外に来たんだから、もっと弾けてもいいんじゃない？　ここは日本じゃないんだから。というか、俺はどこの国にいても自分を抑える必要なんて無いと思ってるんだよね。俺はどこにいようと、誰といようと、自分をストレートに出すって決めてるから。だって、その方が楽じゃない？　流川さんもさ、どんどん、出して行こうよ、自分の事を！」

今村さんは白い歯を見せてニカッと笑った。

「はぁ……そうですね」

私は曖昧に返事をした。自分の事をストレートに出し過ぎて、相手の迷惑になる事もあるんじゃ……と思ったが口には出さないでおいた。朝から人と言い合いをしたくない。

今村さんはコーヒーを一口飲むと、

「それにしても……出会いってなかなか無いもんだよねぇ」

と、物憂げに溜息をついた。

へ？　出会い？　いったい何の話？　私は訝しげに今村さんを見ると、

「バンコクに来て、もう二週間ぐらい経つのになぁ。俺、バンコクで素敵な出会いを期待してたんだけどね。相手は別にタイ人でも日本人でも、他の国の人でもいいんだけど。やっぱりさ、恋愛したいじゃん！」

そ、そういう意味での出会い……。私は思わずまじまじと今村さんを見つめてしまった。私は正直なところ、初めて来た海外で、仕事が始まったばかりで精一杯だったところに、殺人事件まで起きてしまって軽くパニック状態だったので、恋愛の事なんて考える余裕は全然無かった。それなのに今村さんがそんな事を考えているのが信じられなかった。

「そういえば、流川さんって彼氏いないの？」

唐突に聞かれて内心ギョッとしたが、ここは後でややこしい事にならないように正直に言おうと思った。

「日本にいた時はいたんだけど……色々あって別れたの」

「ふーん。それでバンコクに来たんだ。実は俺もね、日本に彼女がいたんだけど……別れちゃったんだよね。それで、なんか気分を変えたくてさ、心機一転って感じで、今回の仕事に応募したんだ」

「そうだったんですか」

「バンコクで新しい彼女を探そうって気持ちもあったんだけどさ。いまだ見つけられなくて悲しいよ……」

「でもまだ二週間しか経ってないし……。これからじゃないですか」

私は内心どーでもいいと思っていたが、一応無難な事を言った。

「俺もね、モテないってわけじゃないから、相手を選ばなければ彼女ぐらいすぐ出来ると思うんだけどね。でもこればっかりは誰でも良いって訳じゃないから。俺にも好みがあるから」

「そうですね」

この話、いつまで続くの？　そんな事を思っていたらAセットが届いた。私は内心ホッとして「いただきます」と言って食べ始めた。

食べ始めてしばらく経ってチラリと今村さんを見ると、手持無沙汰にもう空になったらしいコーヒーカップを片手でぶらぶら揺らしていた。

「今村さんの好みの女性って……どんなタイプなんですか」

つい、その場をとりつくろうとして、聞いてしまった。

今村さんはパッと顔を輝かせると、

「もちろん、可愛い子だよね！　俺、女性の性格って正直どーでもいいんだよね。とにかく、可愛い子であれば文句ないから。特に目が大きい子が好きかな！」

「はぁ……」

私は想像していた以上に中身の無い答えが返ってきて内心ガッカリしたが、態度には出さなかった。可愛くて、目が大きい子ね……。あれ、だったら。

「桜木さんなんかぴったりじゃないですか。可愛いっていうか綺麗系ですけど」

「ちょっと待ってよ。桜木さんは確かに綺麗だけど、もう四十五なんだろ？　俺、まだ二十八だよ？　付き合うんだったら、相手も二十代がいいよ。出来れば、二十代前半。ハッキリ言って、俺から見たら四十過ぎなんて、いや三十過ぎでも、もうオバサンだから～」

「……あ、そう。じゃあ、島崎さんは？　彼女、確か二十三歳でしょ。若いし、目も大きいじゃない」

「うーん。島崎さんって、ちょっとボーイッシュ過ぎない？」

「ボーイッシュ？」

「なんか男の子みたいっていうか。髪も短いし。俺はもうちょっと女らしいっていうか、色っぽい女性が好みなんだよね、てへっ！」

「……」

何がてへっ！　だよ。私は段々イライラしてきてしまい、目の前の食事を手早く片付けると席から立ち上がった。

「あれ、もう帰るの？」

今村さんが顔を上げた。

「これから買い物に行かなきゃいけないの」

「そうなんだ。じゃ、また」

ひらひらと手を振る今村さんを尻目に私はカフェを足早に出て行った。


安斉さんの旦那さんに教えて貰った通りに歩いて行くと、スーパーマーケットに着いた。かなり大型のスーパーで、二階建てだった。中に入ると食品売り場だけではなく、色々なお店も入っていた。タイ料理のお店だけではなく、日本の和食のようなお店もあり、マクドナルドまであった。安斉さんはここをスーパーだと言っていたけれど、スーパーが中に入っている小さいデパートのような所なのかもしれない。

それにしてもこんなに飲食店があるなら、今まで夕食は屋台で買ってきた物を食べていたけれど、休日はここに来て食べてもいいかもしれない。こんなに大きなお店だったら、洗濯物干しのスタンドも絶対売っているだろうと思った。だけど一階のスペースをぐるりと回っても、そういった生活雑貨品を置いているコーナーは見つけられなかった。もしかしたら二階かもしれないと思い、エレベーターで二階へ上がって行った。

エレベーターから降りるとすぐ側に、なんと宝石を売っているお店があった。そこは一階と違い、食べ物以外の物を売っている階のようだった。

歩いて行くと、フライパンや食器を売っているコーナーがあった。ここに売ってるかもしれないと思い、隅々まで見て歩くと、洗濯物干しのスタンドを見つけた。

良かった、見つかって。スタンドに手を伸ばした瞬間、ふとその隣に並べられている包丁が目に入った。その途端、トイレで見た光景が蘇ってしまった。

ナイフで刺されて殺されていたという渡辺さん。どれだけ、痛かったろう。どれだけ、苦しかっただろう。もし、犯人が通り魔だとしたら……殺す相手は誰でも良かったのだとしたら……殺されていたのは、渡辺さんではなく、私だったかもしれないのだ。そうだ、私だって、あの時、トイレに行ったのだから。ただ、渡辺さんより少し遅く行っただけ。ほんの少しの差で助かっただけかもしれないのだ。

あのトイレで血だらけで倒れていたのは、私だったかもしれないのだ。

そう思うと改めて恐怖を感じ、背筋が凍りつくような気持ちになって全身が震え出した。

思わずまた吐きそうになり口元を押さえたが、突然、子供がはしゃぐ声が聞こえ、ハッとして顔を上げた。声がした方を見ると、数人のタイの子供達が無邪気にスーパー内を駆け回っているのが見えた。その光景を見ているとなんとなく心が落ち着いてきた。子供達の姿が、心を日常に戻してくれたような気がした。

私はスタンドを二階のレジで買って袋に入れてもらい、それを持ってまた一階に降りて行った。今日の夕食も買って行こう。

食品売り場に行くと、お惣菜がずらりと並んでいるコーナーがあった。こういうところは日本のスーパーと変わらないんだな……。お惣菜をよく見ると、やっぱり日本の物とは違う感じで、タイの屋台で売っている物に似ていた。お惣菜の隣にはご飯がパックになって売っていた。これはタイ米だろうか。値段を見るととても安い。屋台で買うのと同じぐらいの値段だった。お惣菜を二個と、ご飯を一個、買い物カゴに入れた。それから野菜や果物を売っているコーナーに移動した。

マンションにはガスコンロが無いので自炊は出来ないけれど、サラダぐらいは作れるし、健康のために野菜と果物は食べておいた方がいいと思った。

トマトとキュウリとレタスを買い物カゴに入れた後、熱帯の国ならではの果物が並んでいるのをじっと見つめる。ドラゴンフルーツ、マンゴー、パイナップル、ここまでは日本のスーパーでも見かけるけれど、ココナッツの実が丸ごとの状態で置かれていたのはびっくりした。食べてみたいけど、どうやって食べるんだろう……。私は方法が分からず、仕方なくココナッツの実を素通りした。

ん？　ココナッツの隣に、今まで見た事がない果物が置かれていた。まるでハリセンボンみたいに全体にブツブツと突起が付いている緑色の実だった。なんだが、不気味だなぁ……。その果物も素通りすると、ライチが置いてあった。だけど、バンコクのホテルの朝食で食べたように、一粒一粒の状態ではなく、枝に山盛りに付いた状態で置かれていた。これ、一枝ごと、買っていくのかな。

あまりの量の多さに一瞬気後れしたが、ホテルで食べた甘酸っぱい味を思い出し、一枝、買い物カゴの中に入れた。

一階のレジで会計を済ませて、買い物の袋を持ちながらマンションまでの道を歩いた。荷物は重いし、気温は高く暑くて汗をかいてしまったけれど、それがいかにも熱帯の東南アジアの国にいるんだという雰囲気を醸し出しているような気がして、謎にテンションが上がった。今、自分は日本以外の国で暮らしているんだと思うと、やっぱり不思議な気持ちになった。

歩道橋の上で一旦立ち止まり、荷物を地面に置いて、手すりから街の様子を眺めた。大きな商業施設や住宅が立ち並び、歩道沿いに街路樹があり、自然の草花が咲いていた。適度に都会で、適度に自然があり、良い街だなと思った。

道路を走って行く車やバイクを眺めていたら、背後から「サワディーカー」という声が聞こえた。振り向くと、子供を連れたタイの女性がいた。

「サワディーカー（こんにちは）」

私も言葉を返すと、女性は微笑んで立ち去っていた。

さすが、微笑みの国、タイ。日本人相手でもこんな風に気軽に挨拶をしてくれるんだなと嬉しくなった。タイが親日の国というのもあるかもしれない。

私は心が温まるような気持ちになって、マンションへ帰って行った。

6

翌日の日曜日、皆とバンコクの寺院、ワット・ポーに行くために、集合場所であるBTSのアソーク駅の改札前に行った。ここが一番皆が迷わず来れず場所だという事で、集合場所になったのだった。無事に皆と集合出来た後、タクシーでワット・ポーまで行く事になった。

「トゥクトゥクにも乗ってみたかったけど、料金がタクシーの二倍するみたいだから、今回はタクシーの方がいいわよね」

駅の階段を降りながら、桜木さんが言った。

「トゥクトゥクって、座席がオープンになっていて上に屋根が付いている三輪の乗り物ですよね。あれ、私も一度は乗ってみたいです」

増田さんが興味しんしんな様子で言った。

「ま、それは今度という事で。ワット・ポーまでけっこう遠いしな。でもタクシーに五人で乗るっていうと、けっこうぎりぎりだよな。前に一人と、後に四人になるから」

今村さんが言うと、

「そうね。後に乗る人はギュウギュウ詰めになっちゃうわね」

桜木さんが返すと、

「俺、全然平気だよ！　ギュウギュウ詰め、ＯＫ！」

と、今村さんは笑顔で言ったが、

「今村君は前の席ね」

と、桜木さんにあっさり言われ、ガックリと肩を落としていた。当たり前だろ……。私は思わず心の中で思ったが、たぶん、私以外の女性陣も皆思っているだろうと思った。


タイ独特のピンク色のタクシーに乗り、渋滞もあって大体一時間ぐらいでワット・ポーに着いた。今日は天気も良く、日曜日という事もあってか、大勢の人で賑わっていた。

寺院の敷地内を皆で歩いてたところ、すぐ横を坊主頭のオレンジ色の衣を着た男の人の集団が通り過ぎて行った。

「あれって、タイのお坊さんかしら」

増田さんが興味深げに言った。

「そうだと思う。ここは寺院だけど、街中でも時々見かけるものね。タイは国民の九十五パーセント以上が仏教徒の仏教国だから、お坊さんがすごく大切にされてるんだよね。タイの電車の優先席にもお坊さんのマークがあるし」と桜木さんが答えた。

私は初めてタイの電車に乗った時の事を思い出した。そういえば優先席にオレンジ色の服を着た人のマークがあって何だか分からなかったけど、あれはお坊さんだったのか。

そんな事を考えている内に寺院の前に着いた。

「調べて来たけど、参拝料は百バーツだって。子供は無料みたい」

桜木さんの言う通り、皆、それぞれ百バーツを払い、寺院の中に入ろうとしたところ、突然、寺院の受付の人から、桜木さんだけが止められた。

「えっ、どうして私だけ？」

　桜木さんはぎょっとしていたが、日本人専用のガイドのような人が現れて、

「あなたは、服装が良くないです。ワット・ポーに入るためには、上は袖のある服で、下はズボンか、ロングスカートでなくてはいけません」

と、丁寧に日本語で説明してくれた。

「あ、そうなんだ……けっこう厳格なルールがあるのね。まさか服装チェックがあると思わなくて、そこまで調べなかったわ……。私、今日は入れないのかしら……」

　桜木さんはガッカリした様子で言った。桜木さんの今日の服装は水色のノースリーブのワンピースだった。丈はそんなに短くないので、ノースリーブが引っかかったのだろう。私はTシャツにデニムで、島崎さんと今村さんも同じような服装だった。増田さんはグレーのワンピースだったけれど、半袖で、下の丈も長かったから、大丈夫だったのだろう。

「いいえ、これを着てもらえば、大丈夫です」

　そう言って、ガイドの人が青色の布を桜木さんに差し出した。

「これを着る……？　ああ、羽織るって事？」

　桜木さんは布を受け取り、自分の肩に掛けた。

「OKです」

　ガイドの人の言う通り、寺院の人は桜木さんを通してくれた。

　私達はワット・ポーの中に進んで行った。

「うわ、すごく大きい……！」

　私は目の前に現れた金色に輝く仏像のあまりの巨大さに、思わず声を上げた。しかも大きいだけではなく、仏像は、なんと寝転んでいた。肘を付いて、寝そべっている。

「寝釈迦像といって、お釈迦様が亡くなった時の姿を表しているんだって」

隣にいた桜木さんが説明してくれた。

「そうなんですか……それにしても大きいですね」

「全長が四十六メートルもあるらしいからね。高さは十五メートルだったかな」

「そんなに……。こんな大きな仏像を作るなんてすごいですよね。日本にも奈良の大仏とかありますけど」

「大きい仏像は、当時の権力者にとって権力の象徴だったんだろうね。ワット・ポーはバンコクで一番古いお寺で、タイのアユタヤ王朝時代に作られたお寺らしいけど、今のチャクリー王朝の初代国王、ラーマ一世によって千七百八十八年に再建されたみたい」

「へぇ、そうなんですね」

そういえば、タイには王室があった事を思い出した。

「仏像を眺めていると、なんだか心が落ち着くわよね……」

桜木さんは仏像を見上げながら呟いた。水色のワンピースに青い布を羽織っている姿は、本来ならおかしいはずなのに、桜木さんだとあまりそう見えなかった。綺麗な水色のワンピースがとても似合っているからかもしれない。

私はコールセンターの事件をきっかけに、スーツを捨ててしまったので、それから割とラフな服装で職場に出掛けていた。職場の人達も皆そんな感じだったからだ。今村さんはいつもデニム姿だったし、島崎さんも意外とラフな服装でスカート姿を見た事が無かった。増田さんはワンピースやブラウスにスカートだったりしたけれど、比較的地味な雰囲気の服装だった。だけど、桜木さんだけは違っていた。いつもカラフルな色のワンピースやスカートを着ていて、職場の中でも目立っていた。桜木さんは以前、アパレルで働いていたと言っていたから、そういう服装が桜木さんにとっては普通なのかもしれない。

「桜木さん、流川さん、こっち来て見てみて。足の裏の模様がすごいから」

増田さんの声がして振り返ると、増田さんと島崎さんが仏像の足元の方にいた。

桜木さんと二人で足元に行ってみると、大人の身長の何倍もある大きな足の裏一面に、たくさんの仏像の絵が描かれていた。

「うわ、曼荼羅みたいですね。すごい」私は感動して足の裏全体を見上げた。

「指に描いてあるのは、指紋かしら」

桜木さんが興味深げに言った。確かに足の指一面には、グルグルと指紋のような円が描いてあった。しばらく皆で足の裏の模様を眺めていたら、

「あら、そういえば今村君は？」

桜木さんが回りを見渡して言った。

「今村さんは壺に硬貨を入れてくるって言ってたけど……」

増田さんが答えた。

「ああ、百八の壺ね。さっそくやってるんだ」桜木さんが可笑しそうに笑った。

「なんですか、その百八の壺って」

私が聞くと、

「この仏像の背中の方にある壁に設置してあるたくさんの壺の事。この壺に両替してもらった専用の硬貨を少しずつ入れていくと、人間が持っていると言われている百八の煩悩が消えて無くなるって言われているのよ」

「へぇ、すごいですね。私もやってみようかな」

私が言うと、皆でやってみようという事になり、専用の硬貨に両替して、それを持って仏像の背中に回った。そこにはすでに壺に硬貨を入れながら歩いている人達がいて、その中に今村さんもいた。

私は一番端の壺から硬貨を順番に入れて行った。チャリン、チャリン、と壺の中に硬貨を落としていくと、なんだか本当に自分の中にある煩悩が一つ、一つ、壺の中に落ちていくような感覚を覚えた。ただの錯覚だろうけど……。だけど、すべての壺に硬貨を入れ終わった後、なんだかすっきりしたような気持ちになった。こういう気持ちになる事自体が、大切な事なのかもしれない。

「よく考えると、百八ってすごい数よね」

私の後に並んで硬貨を入れていた桜木さんが言った。

「そうですね。人間の煩悩ってそれだけすごいんでしょうね」私が答えると、

「煩悩って、要するに人間の持っている欲望とか、執着とか、そういう物の事よね。でも、そういう物を無くすのって不可能なんじゃないかしらね。確かに欲望は生きて行く上で人間を苦しめる物かもしれないけど、同時に生きる理由だったり、生きがいだったりすると思うのよね……」

「欲望が、人間の生きる理由……」

「そう。だって、人間って叶えたい欲望があるから、そのために頑張ってるみたいなところあるじゃない？　それが無くなってしまったら、生きる理由も同時に無くしてしまうような気がするんだよね」

「……そうですね」

言われてみれば、そうかもしれないと思った。欲望を持ちすぎても、それに振り回されて生きるのが苦しくなってしまいそうだけど、全く無くなってしまっても、生きるのが辛くなるような気がした。何のために生きているのか、分からなくなってしまって……。

「最後に、皆でお祈りしようか！」

皆が壺に硬貨を入れ終わって、仏像の前に揃った後、今村さんが言った。

そして皆で仏像の前で手を合わせて目を閉じた。

私はコールセンターの事件の事を思い出していた。そして、一刻も早く犯人が見つかって、事件が解決するように祈った。

今の私の一番の欲望は、願いは、穏やかで平凡な日常が戻って来る事かもしれない。

目を閉じながら、きっと皆も私と同じ事を祈っているんだろうと思った。

第三章

二人目の殺人

1

月曜日になって、先輩の電話受付けを側で勉強する研修期間が終わり、いよいよ自分一人だけで電話を受ける事になった。

緊張するけれど、頑張ろうと思い、自分の席に座ると、キーボードの上に私の今週の五分間休憩を取る時間とお昼休憩を取る時間が書かれたスケジュール表が置かれていた。

私はそれを確認した後、ヘッドセットを装着すると、パソコンのディスプレイに出ている『受信』のボタンをクリックした。すると、すぐに電話が入り、慌てて応答した。

「お電話ありがとうございます。ひまわり通販の流川と申します。本日はどのような商品をお探しでしょうか」

「子供服を買いたいの」

電話の相手が答えた。声のトーンから、まだ二十代ぐらいの若い女性のようだった。私は会員番号を確認した後、

「それでは、ご注文をお願いします」

「じゃあ、番号を言うから」

「はい」

ひまわり通販の商品にはすべて番号が振ってあり、お客様は商品名ではなく、その番号を伝えて来る。電話を受ける側がその番号をキーボードで打ち込んでいくと、パソコンの画面上に商品名と、その値段が表示されるシステムになっていた。それから合計金額をパ

ソコン上の電卓で計算して、お客様に伝える。その後、お客様に支払い方法を選択してもらい、最後に発送先の住所を確認する事になっていた。

「えーと、まずCの56790と、Bの24187と、Dの60235と……」

女性は番号を立て続けに言ってきた。私は急いでキーボードで番号を入力していったが、なんと女性は子供服を二十着！　も注文してきた。

私はキーボードを入力する速度が追い付かず、途中、入力に失敗してしまい、お客様に謝りながら入力をなんとか終わらせた。

「では、合計金額を計算しますので、少々お待ち下さい」

「あのさー、毎回思うんだけど、なんで注文と同時に合計金額が出ないの？　後から計算するなんて、あなたの会社、システムが古くない？」

「申し訳ありません……少々お待ち下さい」

私は謝りながら、女性の言い分ももっとものような気がした。後からパソコンの電卓で手入力で計算するなんて、大変すぎる！　誰か会社のエンジニアの人がシステムを変えてくれたらいいのに。とはいえ、今は手入力で計算するしかない。私は二十着の子供服の合計金額を急いで計算して、女性に伝えた。すると、

「え、何その金額？　おかしくない？　ちゃんと計算した？　私が事前に計算した金額と違うんだけど」

女性は明らかに怒りを含んだ声で返してきた。まずい。間違えて金額を多めに出してしまったようだ。

「申し訳ありません。少々お待ち下さい」

「早くしてよ！　こっちだって忙しいんだから！　こうやって電話している間に、どんどん時間が過ぎちゃうでしょ！」

「申し訳ありません。すぐにやり直します」

私は謝りながら、忙しいならネットで注文すればいいのに、なぜわざわざ時間のかかる電話で注文してくるんだろうと不思議だった。いや、今はお客様にいちゃもんをつけている場合じゃない。私は今度は時間をかけて、慎重に電卓で計算してから合計金額を伝えた。

「そうよね、その金額よね。今度は合ってるわ。でも、時間がかかり過ぎ。さっきも言ったけど、こっちは忙しいんだから、もっと手早くやってよね！」

「申し訳ありません」

私はこの電話一本で何回謝っただろうと頭の中で考えながら、女性に支払方法をクレジットカードか後払いか選択してもらい、女性が後払いを選択したので、商品の洋服と一緒に支払い用紙を同封して送る事を伝え、最後に発送先の住所を確認して電話は終了した。

私はパソコンの画面の『切断』のボタンをクリックすると溜息をついた。

つ、疲れた……。

「しょっぱなから大変だったわね。大丈夫？」

声がして振り向くと、須藤さんが腕を組みながら笑っていた。

「いきなり二十着注文されて、びっくりしました……」

私がつい弱音を吐くと、

「そうよね。後で聞いていた私もびっくりした。普通は一回で三着か四着の注文で、多くても五着ぐらいだから。初回からかなりレアなケースの電話だったわね」

「そうなんですか……」

いつもこんな注文ばかりだったら大変すぎると思ったが、やっぱり今のは珍しいケースだったのか。

「でも、子供服の注文の場合、さっきみたいにまとめて注文する人が多いのよね。たぶん共働きの家庭で、母親が仕事で忙しくて子供の服を買いに行く時間が無いんだと思う。かりにあったとしても、疲れちゃうから通販で済ませたいんでしょうね」

「ああ、なるほど……」

確かに仕事で疲れているのに、休みの日に小さい子供を連れて買い物をするのはしんどそうな気がした。そういう人にとって通販はやっぱり便利なのかもしれない。

「でも、どうしてネットを利用しないんでしょうね。電話よりも、煩わしさがなくて簡単に出来ると思うんですけど」

私が疑問を口にすると、

「ネットが苦手だって人もいるからね。今の人は若かったみたいだけど、中高年の人では一定数いるから」

「パソコンやスマホが苦手って事ですか？」

「それもあるけど、ネットで買い物をする事自体が苦手って感じかな。やっぱり人間相手に会話して買い物をした方が安心するんだと思う」

「そうなんですか……」

中高年の人のそういう感覚は、子供の頃からネットが身近にあった自分にはちょっと想像出来ないけれど、もしかしたら今のＡＩに対する感覚と似ているかもしれない。もしＡ

Iがこのまま進化していってカフェに入ってもＡＩロボットが接客するような時代になったら、私も出来れば人間に接客して欲しいと思ってしまうかもしれない。いや、どうかな。意外と、ＡＩロボットの方が気楽でいいと感じるかな。

「でも、昔に比べればやっぱり電話注文はかなり減ったみたいだけどね。ひまわり通販も昔はコールセンターが全国にあったみたいだけど、どんどん減ってるみたいだし。今は東京と大阪と、あと、ダブルコミュニケーションに業務委託している、ここバンコクぐらいじゃないかしら。バンコクにコールセンターが出来たのは今年の春だけどね。あ、ちょっとしゃべり過ぎちゃったわね。流川さん、電話を再開して」

「はい」

須藤さんの言う通りまだ休憩時間でもないのに、長々と話し込んでしまった。私はパソコンに向き合い、『受信』のボタンをクリックして再び電話受付を始めた。

2

指定されたお昼休憩の時間になったので、私はパソコンの『切断』のボタンをクリックし、ヘッドセットを外して席を立った。

部屋から出て行こうとすると、須藤さんに声を掛けられ、

「研修中は同期の人達とお昼休憩を合わせていたけど、今日からはバラバラだからね。時々、誰かと偶然お昼休憩が合う事はあるかもしれないけど」と言われた。

「分かりました」

私はセキュリティシステムにタッチして部屋を出て行った。

エレベーターを待ちながらぼんやりと考え込んだ。

そうだよな……。いつまでも同期全員で仲良くお昼を食べているわけにはいかない。今日から皆、独り立ちして電話受付の仕事をしていくんだから、お昼がバラバラになるのは仕方ない。少し寂しいけれど、気持ちを切り替えようと思い、扉が開いたエレベーターに乗り込んだ。すると、誰かが同時にエレベーターに乗り込んできた。

顔を見ると桜木さんだった。今日はたまたま桜木さんとお昼休憩が一緒なのだろう。

「流川さんも今からお昼？」

桜木さんが笑顔で尋ねてきた。

「はい」

「じゃあ、一緒に食べよう。またターミナル21のフードコートに行く？」

「そうですね」

私は桜木さんとターミナル21に向かった。

「実は流川さんに話があるんだけど……あ、食べながら聞いてね」

食事を持って来て、席に座った途端、桜木さんが真面目な顔で切り出した。

「話？　何ですか？」

私は改めて話があるなんて言われて少し警戒する気持ちで聞き返すと、

「私の買い物の手伝いをして欲しいの。もっと正確に言うと、荷物持ちを手伝って欲しいんだけど……」

「荷物持ちって……何の荷物ですか？」

「私ね、タイに来てやりたい事が色々あるんだけど、その内の一つがタイの雑貨を買って、ネットで売る事なの」

「ネットで売る……」

「そう、自分でホームページを作ってね。今は無料で作成出来るホームページとかあるからね。要するに副業でネットビジネスをやりたいわけ。それがタイに来た目的の一つなの」

「へぇ、そうなんですか……」

桜木さんがネットビジネスをやりたいなんて意外だった。しかも電話受付の仕事をやりながら副業でやりたいなんて。

桜木さんはタイ風焼きそばのような物を一口食べて、スイカジュースをストローで飲んだ後、

「正直、今の電話受付の仕事だけだと、給料もたかが知れてるでしょ。ダブルコミュニケーションは副業OKだし、やってみようと思って」

「具体的に何を買うかもう決まってるんですか？」

私はチャーハンのような物を食べながら聞いた。

「うん。まずはナラヤを買おうと思ってるの」

「ナラヤ？」

「タイのファッションブランドで、レディース用の布製のバッグやポーチを作ってるの。可愛くて品質も良いけど、値段がすごくお手頃で安いの。日本でもけっこう有名なのよ」

「へぇ、知らなかったです」

「日本にも一応店舗はあるんだけど、少ないからね。でも、だからこそ日本で売れると思

うんだよね。実際、ナラヤを輸入してネットで売っている会社も日本にあるし」

「じゃあ、そのナラヤの荷物持ちって事ですか？」

「他にも色々買いたい物があるんだけど、とりあえずはそう。何回も店に行くより、一度にたくさん買いたいんだよね。その方が効率的だし。それで、流川さんに手伝って貰いたいの。勝手なお願いなんだけど……。本当は今村君とか男の人の方が力があっていいんだけど、ナラヤはレディースのブランドだから、今村君は行きたくないみたいで」

　桜木さんは申し訳なさそうに言った。

「増田さんや島崎さんには頼まないんですか？」

「頼んだんだけど、二人とも、土曜日は用事があるらしくて。私、出来れば土曜日に買い物に行きたいのよ。日曜日は休みたいっていうか。次の日仕事だしね」

「ああ……」

　そう言えば、ワット・ポーに行った時も、増田さんも島崎さんも土曜日は用事があるって言ってたっけ。二人とも、毎週、土曜日には何か用事があるんだろうか。

「いいですよ。荷物持ち、手伝います」

「えっ、ホント？　ありがとう、流川さん！　助かる！」

　桜木さんは嬉しそうに笑顔になった後、

「バイト代みたいな物は払えないんだけど……」と、また申し訳なさそうに言った。

「別にお金なんていらないですよ」

「ホントに？　ありがとう……じゃあ、買い物に付き合ってくれるお礼に、土曜日はランチ奢るね！」

「え、いいですよ、そんな気を使ってもらわなくても」

「いやいや、ランチぐらい奢らせてよ。そうじゃなきゃ、私も気が引けるし」

「じゃあ……お言葉に甘えてご馳走になります」

「美味しいお店、調べておくね」

桜木さんはニッコリ微笑んで言った。

「楽しみです」

「じゃあ、今週の土曜日の午前十時に、アソーク駅の改札で待ち合わせでいい?」

「はい、分かりました」

それから食事を再度食べ始め、しばらくして桜木さんが、

「流川さんって、確か独身だよね」

と聞いてきたので、私がそうです、と答えると、

「私ね、実はバツイチなんだよね」

と、突然告白してきた。

「え……そうなんですか」

私は思わず桜木さんをまじまじと見つめてしまった。左手の薬指に指輪をしていないので、独身かなと思っていたが離婚歴があったのか。でもよく考えるとこんなに綺麗な人が一度も結婚していないのもおかしいか。たまにすごい美人なのに何故か独身の人もいるけれど……。

「若い時に五年ぐらい結婚してたんだけど、段々、窮屈に感じるようになっちゃってね。自分で言うのもなんだけど、元々、自由人だしね。でも相手も似たような性格だったから、

話し合いの結果､円満に別れたんだけどね。子供がいたら何か違ってたかもしれないけど、結局、出来なかったしね……」

「そうだったんですね……実は私の母親もバツイチのシングルマザーなんです。私が幼い頃に離婚して、女手一つで私を育ててくれて……」

「へぇ、そうなんだ……」

私はハッとした。いけない、桜木さんにつられてつい余計な事を話してしまった。私は話題を変えようとして、

「桜木さん、タイで色々やりたい事があるって言ってましたけど、ネットビジネス以外で、何がやりたいんですか」と聞いた。

「そうね。まず、色々な所を旅行したいな。タイだけじゃなくて、ベトナムとかカンボジアとか東南アジア全体を回りたいんだよね。元々、旅行が大好きだから。海外に住む事も若い頃からの夢だったから、思い切って今回の仕事に応募したの。以前勤めていたアパレルは日本のメーカーだったし、海外に支店も無かったからね。お給料は断然そっちの方が良かったんだけど、お金よりも、好きな事をやりたいって気持ちの方が大きかったから」

「なるほど……。お金より経験を取ったっていう感じですね」

「そういう事。後は、とにかくタイ料理を食べまくりたいな」

「食べまくりたい……」

「うん。流川さんって、朝起きて、一番初めに何を考える？」

「え？」

突然、何の話だろうと思ったけれど、とりあえず考えてみた。

「顔を洗おうかな……とかですかね」

「私はね、さて、今日はいったい何を食べようかなって考えるの」

「え……」

「それぐらい、食べるのが好きなんだよね。食にすごく興味があるの」

「そ、そうなんですか……」

桜木さんが食べるのがそんなに好きだなんて、なんだかすごく意外だった。桜木さんは背が高いだけじゃなく、モデルのようにすらりと痩せていたからだ。食べるだけじゃなく、運動もかなりしているのかもしれない。

「私は桜木さんと逆で、あんまり食には興味が無いんですよね……。むしろ、今日は何を食べようって考えるのがちょっとおっくうだったりしますね……」

「ふうん……。でもそれってさ、もしかして流川さんってけっこう胃腸が弱かったりしない？」

「あ、そうですね。冷たい物を食べたり飲んだりすると、時々、お腹を壊したりします。だから夏でもあまり冷たい物は取らないようにしてるんです。あと、お肉をちょっと食べただけですぐに胃がもたれます。だからお肉じゃなくて魚を食べる事が多いですね」

「やっぱり。食に興味が無い人って体が弱い人が多いよね。実は私、すごく健康なんだよね。風邪もめったにひかないし、毎日、快便だしね」

「快便……」

な、なんだか桜木さんみたいに綺麗な人が快便なんて言うと、ちょっと違和感が……。

桜木さんは目の前のタイ風焼きそばを食べ終わると、

「あとやりたい事って言ったらタイのファッションを楽しむ事かな。熱帯の国だけあって、可愛くて個性的なTシャツや夏用のワンピースがたくさん売ってるから。しかも安いし。そういう服をたくさん買いたいな。あと、恋愛なんかも出来たらいいかな」

「恋愛？」

「タイで何か出会いがあるかもしれないでしょ。相手は日本人でもタイ人でもいいけど、素敵な人が相手だったら、恋愛ってすごく楽しいものね」

「桜木さんって、色々な事に興味があるんですね……。なんだか羨ましいです。私、あんまりやりたい事とか、興味のある事って無くて……そういう自分ってつまらない人生を送ってるなって自分でも思うんですけど……」

　私が本心を言うと、

「でも、そういう物を見つけにタイに来たんじゃないの？　だったらこれからじゃない」

　桜木さんはそう言ってニッコリ笑った。

「……そうですね」

　これから。本当に、そうかもしれない。

「私から見たら流川さんは若いし、すごく羨ましいわよ」

「いえ、若くなんかないですよ……もう、三十三だし」

　桜木さんはじっと私を見た。

「四十五の私から見たら、三十三ってものすごく若いんだけどね……。一回り違うわけだし。でも流川さんがそう思っちゃう気持ちも分かるけどね。私も自分が三十歳ぐらいの時は、もうおばさんだな〜って思ってたし。でも今思うと三十ってまだすごく若いのに何でそんな事思ってたんだろうなって思うの。すごくもったいなかったなって」

「……」

「だからもうそんな事は思わないようにしてるの。今は四十五だけど、きっと十年後、五十五になった時、なんて若かったんだろうって思うだろうし。いつも自分は若いんだって、死ぬまで思っていたいんだよね。その方がきっと楽しいし、色々な事に躊躇せずチャレンジ出来ると思うしね」

「そういう考え方、素敵ですね。死ぬまで、自分は若いって」

「そう。生きている間は、若い。でも本当にそうだと思うの」

「そうですね……」

「あ、話し込んでいる内に時間が経っちゃったわね。早く食べちゃおう。休憩時間が終わっちゃう」

桜木さんは腕時計を見て、言った。

「は、はい」

私は慌てて目の前のチャーハンを口の中に掻き込んだ。

3

それから土曜日になり、アソーク駅の前で待ち合わせて、私と桜木さんはBTSに乗った。チケット代は桜木さんが出してくれた。座席に並んで座ると、桜木さんが、

「チットロム駅で降りるから」

「チットロム？　近くですね。私、マンションが決まる前に、チットロムのすぐ近くのホテルに泊ってたんです」

「そうなんだ。チットロムから歩いて五分ぐらいのところにセントラルワールドっていう有名なデパートがあるの。日本の伊勢丹も入ってるのよ。そこの六階にナラヤの支店があるの」

「ナラヤのお店って一つだけじゃないんですね」

「タイ国内だけでも三十店舗以上あるかな。実はターミナル21にも支店が入ってるんだど、セントラルワールドの方が品揃えがいいかなと思って」

「そうなんですね」

三十店舗以上もあるなんてナラヤはタイではかなり有名なブランドだったんだなと思った。でも、日本に支店があるぐらいなら、そうかもな……。

チットロム駅に着いて少し歩くと、「あそこがそうよ」と桜木さんがデパートらしき大きな建物を指差した。ターミナル21よりも巨大だった。

私達はエレベーターで六階まで行き、ナラヤのお店に入って行った。お店の中はとても広く、天井が高かった。店内は土曜日のせいか、たくさんの人で混雑していた。

「それじゃあ、それぞれ気に入った品物を探していこうか」

桜木さんは店の買い物カゴを手にすると言った。

「私が選んじゃっていいんですか？」と私が聞くと、

「流川さんのセンスを信じるわ。これ、購入資金ね。じゃあ、一時間後に店の入り口で会おうね」

桜木さんは私に三千バーツを渡すと、人混みの中に消えていった。

残された私は買い物カゴを持ちながら、呆然と店の中を眺めた。広い店内には棚が並べられていて、そこにぎっしりとビニール袋に入った商品が並んでいた。私は商品の一つを手に取り、じっと見つめた。これは……バッグなのかな。商品はすべて、折り畳まれてぺっちゃんこの状態でビニール袋に梱包されていた。恐らく、店内の場所を取らないためと、たくさん購入した人が持ち運ぶ時にかさばらないように予めこういう状態で売られているのだろう。そう考えると、ナラヤを購入する人は一度に大量に買っていく人が多いのかもしれない。

ふと棚の上を見ると、参考商品のようにたくさんのバッグが立体的な状態で展示されていた。私が手にしたバッグと同じバッグもあった。

私は展示されている自分と同じバッグを手に取り、じっと観察した。ピンク色のバッグで、中央に大きなリボンが付いていた。

デザインも可愛いし、縫製もしっかりしてる。表面を触ってみるとふわふわしていて触り心地も良かった。素材は何だろう……バッグの内側にあるタグを見てみた。えっ？　コットン百％っ？　素材もちゃんとしてる。値段はいくらなんだろう……。展示品を元に戻し、ビニール袋で梱包された商品に貼られている値札を見た。

え……。二百バーツ！？　という事は日本円で約六百円っ？　嘘っ。安いとは聞いていたけれど、そんなに安いの？

私は隣の棚に置いてあるポーチを手に取った。値札を見ると五十バーツと書かれている。

ひゃ、百五十円っ？　あまりの安さに軽い眩暈すら感じた。そりゃ、皆、大量に買って行くはずだわ……。

「うわっ、安っ。信じらんねー！」

　隣から突然日本語が聞こえて顔を向けると、大学生風の若い男の子が二人、バッグを物色していた。男の子が何故レディースのナラヤのバッグを見ているのか不思議だったけれど、日本にいる彼女に頼まれて買いに来たのかもしれない。

　私は買い物を続けようと再びバッグに視線を移した。すると男の子の一人が、

「でも、こんなに安いと人件費はどのぐらいなんだろうって考えちゃうな」と呟いた。

　もう一人の男の子が、

「うん。これを作ってる人、給料いくらなんだろうって考えると、ちょっと可哀そうだな……」と言った。

　私は思わず男の子二人をじっと見つめた。

　ふーん……。けっこうまともな事を言うんだな……。

　男の子二人はそれぞれバッグを二つずつ手に取るとレジに向かって行った。

　私はその後、バッグ十個とポーチ十個を厳選して選び、店内にあったアクセサリーコーナーで、ブローチを八個選んだ。全部合わせてちょうど三千バーツギリギリだった。

「流川さん、良い物は見つかった?」

　振り向くと、桜木さんがレジ袋を両手に立っていた。

「あ、もう買ったんですか?」

「うん。それで店の入り口で流川さんの事を待ってたんだけど、遅いから迎えに来ちゃった」

「え、もうそんな時間ですか？」

私は携帯を取り出して時間を確認すると、もう一時間以上経っていた。

「すみません、買い物に集中してて……。でも、今からレジに行こうと思ってたんです。一応、買う前に商品を見て貰えますか？」

私は買い物カゴの中を桜木さんに見せた。

桜木さんは一つ一つ手に取って見た後、

「うん、どれも素敵だと思う。流川さん、センス良いよ。一緒に買い物に来て貰って良かった」

と、ニッコリ微笑んだ。

「じゃあ、買ってきますね」

私は買い物カゴを持ってレジに向かった。


買い物を終えて、桜木さんと二人で混んでいるエレベーターの中に入った時、ハッとした。エレベーターの扉の向こうに、島崎さんが歩いているのが見えたからだ。隣にはタイ人らしき若い男性がいて、仲良く話しながら歩いていた。

「島崎さん……」

私は思わず呼びかけたが、エレベーターの扉は閉まってしまった。

エレベーターから降りた後、駅に向かって歩いていると、桜木さんが、

「さっき、エレベーターの中で島崎さんの名前、言ってなかった？」

と聞いてきた。

「ああ……実は、セントラルワールドの中を島崎さんがタイの男の人と歩いていたのが見えて……」

「え、ホントに？　じゃあ島崎さんの用事ってそのタイの男の人に会う事だったのかもね。もしかして、付き合ってるのかも」

「付き合ってる？　タイの人と？　でも、まだタイに来て三週間ぐらいしか経ってないのに……」

「でも時間なんて関係ないでしょ。偶然、良い出会いがあったのかもしれないし」

「……そうですね」

そうか……。さっきのタイの男の人は島崎さんの彼氏だったかもしれないのか。そういえば、少ししか見えなかったけど、けっこうカッコ良かったような気がする。痩せていて、目が大きかった。もっとも日本人に比べればタイの人は皆、目が二重でパッチリしてるけど……。

チットロム駅に着いてBTSに乗ると、

「ちょうどお昼だし、これからランチにしよう」と桜木さんが言った。

「分かりました。アソーク駅で降りるんですか？」

「ううん、プロンポン駅」

「プロンポン駅って、確かアソーク駅の隣ですよね」

「そう。ナナ駅とは反対方向の駅。チットロムからは四駅目ね。この駅の近くに、美味しい和食のお店があるの」

「和食！　良いですね、私、久しぶりに和食が食べたいってちょうど思ってたんです」

「私も。やっぱり和食が食べたくなるわよね、日本人としては。タイ料理もすごく美味しいけどね」

「そうですね。私、タイに来る前はタイ料理って、グリーンカレーとかトムヤムクンのイメージがあって、全部辛いと思ってたんですけど、そうじゃない料理もたくさんありますよね」

「そういう意味では食べやすいよね。やっぱり辛い物ばっかりだと毎日はキツイものね。私は辛くないタイ料理の中では、特にカオマンガイが好きなの」

「カオマンガイ？」

「タイの鶏肉料理。茹でた鶏肉と、茹で汁で炊きこんだご飯がセットになっていて、そこに甘辛いソースをかけて食べるの。屋台やフードコートでも売ってるけど、有名なお店が、ピンクのカオマンガイって呼ばれてるガイトーン・プロトゥーナムってところ」

「ピンクのカオマンガイ？　鶏肉がピンクなんですか？」

「ううん、店員さんの制服がピンクだからそう呼ばれてるの。このお店は渋谷にも支店があるのよ」

「渋谷に支店が出来るぐらいなら美味しいんでしょうね」

「すごく美味しい。私、渋谷で食べた事があったから、本場のタイでも食べてみたくて、バンコクに来てすぐに食べにいったもの。あ、次の買い出しの時はここにランチを食べにいかない？」

「はい。私、鶏肉が大好きなんで、行ってみたいです。お肉の中でも鶏肉はいくら食べても胃がもたれないんです」

「そうなんだ。じゃあ、今日そのお店に行ってもよかったわね。ガイトーンはチットロム駅のすぐ近くにあるから……まぁ、次回のお楽しみって事で」

「そうですね」

そんな事を話している間に、プロンポン駅に着いた。

駅を降りて大通りを歩いていると、桜木さんが、

「ここはスクンビット通りって言って、グルメ街で有名で、タイ料理だけじゃなくて世界各国の料理が食べられるの。ここのソイ26が日本料理街で有名なの」

「ソイ26？」

「ソイっていうのは大通りの横に伸びている脇道の事。脇道ごとに番号を付けられてるの。そのソイ26が、日本食レストランがたくさんある通りとして有名なのよ」

「じゃあ、そこにはバンコクに住んでいる日本人も食べに来たりするんですか？」

「たくさん来るみたいね。そこは日本人村って呼ばれているぐらいだから。ここらへんは日本人の駐在員とかも住んでいるみたいだしね」

「へぇ、駐在員が……」

「あ、ここがソイ26みたい」

桜木さんは歩道に立っているバスの標識のような物を指差した。そこには26と数字が書いてあった。

桜木さんと私は標識の立っている脇道に入って行った。そこをしばらく歩いて、桜木さんが一軒の和食のお店を見て、

「ここ、お店の外観が綺麗で雰囲気が良いね。ここにしようか」

「はい」

お店の入口の暖簾をくぐって中に入って行った。

店内はあまり広くなく、木製のカウンター席とテーブル席が五つあり、カウンターと三つのテーブル席はもう埋まっていて、座っている客はすべて日本人に見えた。私と桜木さんは入口近くのテーブル席に座った。店内は清潔な雰囲気で、漆喰の壁には大きな魚の模型が釣り下げられていた。

テーブルに立て掛けられてあるメニュー表を取って、桜木さんと二人で眺めていると、周囲のテーブルから日本語が聞こえてきて、なんだか懐かしい気持ちになった。普段は職場のコールセンターは日本語でも、街中では全く日本語は聞こえないからだ。

「いらっしゃいませ」

私達のテーブルにタイ人の若い女の子がお冷を運んで来た。

丸顔で目がパッチリしていて、とても可愛い女の子だったけれど、ヘアスタイルが奇抜だった。長い髪を金髪に染めていて、赤いリボンで結んでポニーテールにしている。

「ご注文が決まったら、呼んで下さいね」

金髪の女の子は流暢な日本語で話すと、カウンターの奥に行った。

「今の女の子、日本語が上手ぃですね。アクセントも自然だし」

私が感心して言うと、

「まぁ、日本語が出来る子じゃないと、このお店では働けないだろうしね」

「ああ、そうですね……日本人の客ばかりだし」

桜木さんはメニュー表から顔を上げると、

「私、射身定食にするわ。久しぶりにお刺身が食べたいし」

「私はブリの照り焼き定食にします」

「じゃ、注文するね。すみませーん」

桜木さんが店員さんが呼ぶとさっきの金髪の女の子がやってきて注文を取っていった。

しばらくすると射身定食とブリの照り焼き定食が同時に運ばれてきて、私と桜木さんは割り箸を取って食べ始めた。

「すごく美味しい」

桜木さんはお射身を一口食べた後、満面の笑顔になった。

「ブリもすごく美味しいです」と私は答えた。

本当に美味しくて、まるで日本のお店で食べているみたいだった。私と桜木さんは無言で食べ続けた。

食べ終わった後、食後のお茶が運ばれてきて飲んでいると、桜木さんは壁に吊り下げられている魚の模型をじっと見て、

「すごく大きな魚ね。何の魚だろ」と呟いた。

「何でしょうね……私、魚は好きなんですけど食べる専門で」

「私も。横浜出身で、海の側で育ったんだけどね」

「そうなんですか。あ、だから名前が七海なんですか?」

「ううん、名前は父親が、七つの海を渡って活躍するようなグローバルな女性になって欲しいって意味で付けたみたい。海賊かよって感じだけどね。でも初対面で七海って聞いて、漢字を当てる人はほとんどいないけどね」

「でも私、七つの海って書くのかなって初対面で思いましたよ」

「あ、そうなの？」

「はい。私、小説を読むのが好きなんですけど、七海って名前の作家さんがいるんです。その人の事を思い出して」

「へぇ……私と同じ名前の作家がいるのね、知らなかった。私、あんまり小説は読まないからなぁ……。流川さん、読書家なんだね、すごい」

「いえいえ、インドアで読書ぐらいしか趣味が無いんです」

「読書が趣味って知的でいいじゃない。私、ずっとアウトドア派だったけど、これからは流川さんを見習ってちょっと本を読んでみようかな」

「良かったら貸しますよ。日本から何冊か持ってきてますから」

「ホント？　ジャンルは何？」

「ミステリーです。私、推理小説が好きなんです」

「そうなんだ……何か、難しそうね。でもチャレンジしてみようかな」

「それじゃ月曜日に会社に持ってきますね」

「ありがとう。よろしくね。じゃあそろそろ出ようか。混んできたし」

桜木さんが入口を見て言った。私も振り返って見ると、ガラスの引き戸の向こうに人が並んでいるのが見えた。店内も気付けば満員だった。この店は人気店なのかもしれない。

私と桜木さんは席を立って会計を済ませた。約束通り、桜木さんが奢ってくれた。

第三章　二人目の殺人

月曜日の朝、目覚めて携帯を見て、ギョッとした。午前七時半だった。携帯のアラームがまたオフになっていたらしい。それにしてもどうしていつも七時半に目が覚めるんだろう。前の仕事でいつもその時間に起きていたからだろうか。私は慌てて着替えるとマンションの部屋を飛び出した。

駅に着いて電車に飛び乗り、ＭＲＴの座席に腰を下ろしてからハッと気が付いた。いけない、桜木さんに貸す予定だった本を持ってくるのを忘れてしまった。でも今から戻るわけにはいかないし……仕方ない、本は明日持ってこよう。思わず大きな溜息が出た。すると、

「朝から溜息なんてついてどうしたの？」

という声が頭上から聞こえたので、顔を上げると今村さんが立っていた。

「今村さん、こんな遅い時間にどうしたんですか？　遅刻ですよ」

私はつい自分の事を棚に上げて言ったが、

「え？　俺、いつもこれぐらいの時間に電車に乗るけど。大体、八時ぴったりに会社に着くよ」

今村さんは平然とした顔で言った。

「え……？　私、前に同じ時間の電車に乗って、五分遅刻しましたけど……」

「それは女性だから足が遅いんじゃない？　俺、スクンビット駅に着いたら会社までダッシュするから」

「はぁ……そうなんですか」

同じマンションに住んでいるのに今まで通勤途中に会わないのが不思議だったけど、今村さんはいつもぎりぎりに行ってたんだな……。私は普段は十五分分前には会社に着くようにしてるけど……。でも、そういえば増田さんにも通勤途中に会った事が無い。増田さんは私よりも、もっと早く出勤しているのかもしれない。

「隣、座っていい？」

今村さんが聞いてきたので、えっと思ったが嫌ですというわけにもいかず、

「どうぞ」

と言うと、ニカッと笑って隣に座った。

「土曜日は桜木さんと買い物に行ってきたの？」

「そうです。ナラヤに行ってきました」

「やっぱりナラヤに行ったんだ。あのブランドってレディースだよね。メンズもあったら俺も行きたかったんだけどね。今度、メンズもある所に行くなら誘ってよ」

「分かりました、桜木さんに伝えておきます」

「二人で買い物に行ったの？」

「増田さんも島崎さんも用事があったらしくて……あ、でも島崎さんはセントラルワールドで見掛けましたけど」

「あの大きなデパートに行ったんだ。島崎さんは一人だったの？」

「いえ……タイの男の人と一緒でしたね」

話してしまってからハッとした。島崎さんのプライベートな事なのに、わざわざ人に話すべきではなかったかもしれない。

私の話を聞いて、今村さんは眉間に皺を寄せた。

「そうなんだ……その男と、どういう関係なんだろうな、島崎さん」

「どういうって……普通に彼氏か仲の良い男友達じゃないですか?」

「でもタイに来てまだ一ヶ月も経ってないのに、そんな親密な関係の相手って出来るかな。もしかして……そのタイの男は客なんじゃないの?」

「客?」

「もしかしたら島崎さん、ゴーゴーバーとかで働いているのかも……」

「ゴーゴーバー?　って何ですか」

私の問いに今村さんは一瞬、躊躇した表情をしたが、

「まぁ……簡単に言うと、夜のお店、なんだけど」

「え……」

「アソーク駅のすぐ側にソイカウボーイっていう歓楽街があるんだけど、そこにはゴーゴーバーがたくさんあるんだよ」

「え……アソーク駅の側にそんな所があるなんて全然気付かなかったですけど」

「当たり前だけど、昼間は閉まってるからね。アソーク駅周辺はオフィスビルが多くて、いかにもビジネス街って感じだけど、夜になったら別の顔をみせるんだよ。ちょっと新宿に似てるよな」

「……」

私は初めてアソーク駅に降りた時の事を思い出していた。その時、この街はまるで新宿のようだと思ったけれど、そんなところまで似ているなんて……。いや、でも。

「島崎さんがゴーゴーバーで働いていて、一緒に歩いていたタイの男の人はそこの客だって今村さんは言いたいんですか？　そんな事あるわけないじゃないですか」

「何でそう断言出来るの？」

「だって、島崎さんはちゃんとコールセンターで働いていてお給料を貰っているんだから、そんな所で働く必要無いじゃないですか。それに、島崎さんってそんな事をするようなイメージが全然無いし……」

「イメージ？」

「すごく爽やかじゃないですか、島崎さんって」

私は普段の島崎さんの事を思い出していた。ショートカットで、ほとんどいつもすっぴんで、スカート姿は見た事がなくて、Tシャツにデニムやハーフパンツを合わせているボーイッシュな姿を。

「確かに島崎さんって見た目はボーイッシュで爽やかな感じだけどさ……でも、うちの会社って、給料安いじゃん。タイで暮らすには充分だけどさ、島崎さんはもっとお金が欲しいと思ったのかもしれないし……」

「……」

「それに人って見かけによらないしなぁ……。特に女性はそうだと思うんだよね。俺の女友達で不倫してる子がいるんだけどさ、見た目は全然そんな事するような雰囲気じゃないんだよね。すごく地味っていうか大人しそうな感じの子でさ……」

「……」

「あ、着いたよ」

スクンビット駅に着き、私と今村さんは電車を降りた。

結局、その日はぎりぎり遅刻せずに済んだ。今村さんにつられてスクンビット駅から猛ダッシュしたせいかもしれない。

私は自分の席に座った途端、どっと疲れを感じてしまった。朝からダッシュしたせいもあるけれど、電車の中で今村さんから聞いた話も原因のような気がした。島崎さんが夜のお店で働いているなんて、そんな事考えたくなかった。今村さんの勘違いであって欲しい……。いや、絶対そうに決まってる。そうであって欲しい。私は大きく深呼吸すると、ヘッドセットを付けて電話受付を始めた。

無心になって話し続けている内にお昼の時間になったので、私はヘッドセットを外し部屋から出て行った。エレベーターが来るのを待っていると、

「流川さん、これからお昼休憩ですか?」

声を掛けられて振り向くと、そこには島崎さんが立っていた。

う、噂をすれば何とやら……。一瞬、たじろいでしまったが、表面上は平静さを装い、「島崎さんも?」と返した。

「はい。良かったら一緒に食べませんか?」

島崎さんは笑顔で言った。

「そ、そうだね……」

エレベーターが来て、私と島崎さんは中に乗り込んだ。

お決まりの感じでターミナル21のフードコートに行き、空いたテーブルに座って、島崎

さんと向き合って食事を始めたが、私は内心、どうやって会話を交わしていいか悩んだ。今朝の今村さんの話が気になっているのもあったけれど、そもそも、私が同期の中で親しく話しているのは桜木さんだけなのだ。増田さんともまぁまぁ話しているし、今村さんとは話す気がなくても話す機会があった。だけど、島崎さんとはほとんど話していなかった事に今更ながら気付いたのだった。

何を話していいか分からずつい無言になって食事を進めていると、

「流川さん、土曜日にセントラルワールドに行ったんですか？」

と、突然聞かれて、思わずむせそうになり慌ててマンゴージュースを飲んだ。

「な、何で知ってるの？」

「今村さんに聞いたんです。私、今村さんの隣の席なんで」

「ああ……」

Aチームは五十人ほどいて、私の席の回りには同期の人が誰もいないけれど、島崎さんと今村さんは隣の席だったのか。それにしても、今村さん、もう島崎さんに私から聞いた事を話しちゃったのか……。仕方ない、ここは正直に本当の事を話そう。

「うん。桜木さんと買い物に行ったの」

「私の事見掛けたんですよね？　声を掛けてくれればよかったのに」

「エレベーターの中からだったから……」

「私がタイの男の人と一緒にいるところも、見ました？」

「一緒に歩いてたから……」

「そうですか……」

島崎さんは、じっと私を見た後、口を開いた。

「実は私……」

「な、何っ？」

私は咄嗟に身構えた。ま、まさか本当に、夜のお店で働いているんです、なんて打ち明けてくるんじゃ……。

「バンコクにある語学学校に通ってるんです」

「……語学学校？」

「はい。そこでタイ語を習ってるんです。やっぱりせっかくタイに来たんだから、現地の言葉を覚えたいと思ってたんですけど、うちの会社は日本語しか使わないからこれじゃいつまでたっても覚えられないと思って、それで学校に通う事にしたんです」

「そうなんだ……偉いね……」

私は内心ホッとしつつ、本心で言った。私はタイに来ても日本語で仕事が出来る事に甘えて、タイ語を覚えようなんて全然してなかったのに、島崎さんはちゃんと学ぼうとしていたのか。

「セントラルワールドで一緒にいたタイの男の人は、同じ語学学校の生徒なんです。彼は御両親の仕事の都合で子供の時からシンガポールに住んでいて、最近戻って来たらしいんですけど、英語は得意だけど、タイ語がいまいちらしくて、きちんと学び直したいって思って通ってるらしいです」

「なるほど。じゃあ、彼は語学学校で出来た友達なんだ」

「まぁ、そうですね。けっこう仲良いです。でも彼氏とかじゃないですよ。彼はタイプじゃないので」

「そうなんだ……」

「彼は良い人ですけど、ちょっと背が低いんですよね。私、背が高い人がタイプなので」

「ふーん……」

「私、好みのタイプがすごくハッキリしてるんです。背が高くて肌が日に焼けたように浅黒くて、濃い顔立ちの、筋肉質の男の人がタイプなんです」

「そうなんだ……」

「実は日本人って、あんまり好みじゃないんですよね……」

「え？」

「今の日本の若い男の人って、色白で可愛い顔立ちの人が多いじゃないですか……体も細くて中性的っていうか……。そういう男の人がタイプの人は日本に生まれて幸せだと思うんですけど、私、ちょっと駄目なんですよね……男として見れないっていうか……。その点、タイの男の人は肌が浅黒いし、濃い顔だから、すごくタイプなんですよ。そういう意味ではタイの人だけじゃなく、フィリピンの人もベトナムの人もタイプなんですけど」

「へぇ……」

「流川さんは、タイに来るのに何か目的があったんですか？」

「私は……特に無いけど」

「私はとにかく理想の彼氏をゲットするのが目的です。実は語学学校に通ってるのも、タイ人の彼氏が出来た時、ちゃんと会話が出来るようにするためなんです」

「え……」

「私、人生で恋愛が一番大切なんです。逆に恋愛以外はどうでもいいんですよね」

「……」

私は正直、島崎さんの告白にとても驚いていた。ボーイッシュな外見だけで判断して、てっきり島崎さんは恋愛にはあまり興味が無いタイプだと思い込んでいたからだ。今村さんが言っていたように、人は本当に見かけによらないものなのかもしれない。

それにしても島崎さんの好みってハッキリしてるな……。背が高くて、肌が浅黒くて、濃い顔の、筋肉質の人か……。

あれ、だったら……。

「今村さんって、島崎さんの好みにぴったりじゃないの？」

気が付いた私がそう言うと、

「あ、言い忘れました。私、おしゃべりな男の人って駄目なんです。どちらかというと、私の話を聞いて欲しいので」

「……そう。だったら、今村さんは駄目だね」

「そうなんですよ」

島崎さんは深く頷いた。その後、食事を食べ終わり、私と島崎さんは職場に戻った。

5

「今日はこの前より、ちょっと遠出だから。バーンチャク駅で降りるから」

土曜日の午前十時にまたアソーク駅で待ち合わせてＢＴＳに乗った時、桜木さんが言った。

「バーンチャク駅って、どれぐらい遠いんですか」

「確かアソーク駅から六つ目かな」

「そんなに遠くじゃないですね。今日は何を買うんですか？」

「ジム・トンプソンを買おうと思って。タイの有名なブランドなの。タイ国内にたくさん店舗があるのよ。創業者のジム・トンプソンはアメリカ人だけどね。このブランドはタイシルクで作った商品が有名なの。バッグとか洋服とかね。レディースだけじゃなくてメンズもあるから、今村君の事も誘ったんだけど、なんか用事が出来たみたいで」

「私、ジム・トンプソンなら知ってます」

「あ、そうなの？　まぁ、有名だもんね。ナラヤよりもかなり高いけど」

「松本清張が、ジム・トンプソンをモデルにした推理小説を書いてるんですよ」

「え、あの松本清張が？」

　隣に座っている桜木さんが驚いた顔を私に向けた。

「はい。熱い絹ってタイトルの小説で、テレビドラマにもなってるんです」

「へぇ、そうなんだ……知らなかった。私もさすがに松本清張の本は読んだ事があるけど、砂の器とか黒革の手帳とか、有名な小説しか知らないから……どんな内容なの？」

「あるアメリカ人女性が軽井沢の別荘で殺されるんですけど、日本の刑事がその事件を調べて行く内に、その女性の兄がマレーシアのキャメロンハイランドっていうリゾート地で失踪していた事を知るんです。その後、刑事はインターポールの指示でマレーシアに行って、事件の真相を調べる事になるんです」

「面白そう。そのアメリカ人女性の兄っていうのが、ジム・トンプソンをモデルにしているの?」

「はい。実際、ジム・トンプソンも、マレーシアのキャメロンハイランドにあるシンガポールの友人の別荘を訪れた際、謎の失踪をしていますから。その後、ジム・トンプソンの姉がアメリカの自宅で殺されるんですけど、どちらの事件も解決してないんです。ジム・トンプソンの姉を殺した犯人も捕まってないし、ジム・トンプソンは行方不明のままで、遺体も見つかってないんです」

「なんだか不気味ね……。ジム・トンプソンが謎の失踪をしているなんて、全然知らなかった」

「当時、ジム・トンプソンが失踪した事件はタイで連日報道されてたみたいなんですけど、日本ではほとんど報道されなかったらしいです。ベトナム戦争の報道にかき消されたみたいで」

「そうなんだ……その小説、読んでみたいな」

「良かったら貸しますよ。私、バンコクにその本も持って来てるので」

「ホントに?　じゃあこの前貸してくれた本を読み終わったら、次に貸してね」

「はい」

桜木さんとそんな話をしている内に、電車はバーンチャク駅に着いた。

バーンチャク駅を出て歩きながら、

「これから行くのはジム・トンプソンの本店なんですか?」

と桜木さんに聞くと、

「ううん、アウトレット。ジム・トンプソンは高いからお店で買うとお金がかかり過ぎちゃうからね。アウトレットだったら、かなり安く買えるから。えーと、バーンチャク駅を出て、少し歩くとセブンイレブンが見えてくるはずだけど……あ、あそこかな」

桜木さんの言う通り、すぐ近くにセブンイレブンがあった。

「バンコクってセブンイレブンがたくさんありますよね」

「そうね。でもなんだかホッとするわよね。日本にいるみたいで」

「そうですね」

街中でセブンイレブンを見掛けたり、日本語を聞いたりするだけで、なんだか気持ちが和む。それは無意識の内に異国にいるという緊張感がつきまとっているせいかもしれない。

「セブンイレブンの手前の道のソイ93に入り、真っ直ぐ歩いて行くと左側にアウトレットがあるはず」

標識を見ると確かに93の番号が書いてあった。私と桜木さんはその道を歩いて行った。しばらく歩くと左側に緑が茂った森のような場所があった。公園かな、と思って見てみると、その森の手前にジム・トンプソンと英語で書かれた大きな看板があった。

森の中に入って行くと、四角い白い建物があった。これがジム・トンプソンのアウトレットか……。エレベーターの前に行くと、ボタンの横に一階から五階までのフロアガイドが書いてあった。

よく見ると英語で書いてある下に日本語が表記されている。五階のＣＡＦＥの下にはコーヒーショップとカタカナで書いてあった。これはジム・トンプソンのアウトレットを訪れる客は日本人が多いという事なのだろうか。それとも、日本人は英語が読めないと思われているのか……。

「私達が行くのは四階だから」

エレベーターに乗り込むと、桜木さんはそう言って四階のボタンを押した。

「フロアガイドにも書いてあったけど、一階から三階までは絹や綿の生地を売ってるんだよね。四階がバッグや洋服の商品で、五階が毛布やカーペット、クッションを売っていて、そこにカフェも併設してあるみたい」

「クッションは買わないんですか？　売れそうですけど」

「ちょっと、かさばるからね。でもクッションカバーは買おうと思ってる。四階での買い物が終わった後にね」

エレベーターが四階に着き、扉が開いた。

店内はとても広く、白で統一していて上品な雰囲気だった。客もけっこういたが、ナラヤのように混雑はしていなかった。

「ジム・トンプソンは高いから、とりあえず日本円で三万円分ぐらい買ってね。買い物が終わったら、声を掛けて。今回は一緒に会計するから。ここは一階で税の還付が出来るから、レシートを一枚にしたいの」

「分かりました」

私と桜木さんはそれぞれ分かれて、買い物を始めた。私は買い物カゴを持ちながらまずは化粧ポーチが売られているコーナーに行った。四角いケースに色とりどりの綺麗な模様の化粧ポーチが整然と並べられていた。象の模様の可愛いポーチを一つ手にとってビニール袋に貼られている値段を見る。三百五十バーツと書いてあった。確かにナラヤより高いな……。これって生地の素材は何なんだろう……。ビニールに入れられているけど、中を見てもいいのかな……。ビニール袋を開き、ポーチの内側のタグを見てみた。

え？　シルク百％っ？　このポーチって、シルクなのっ？　私は驚いて思わずポーチの表面を撫でて、質感を確かめてしまった。そういえば桜木さんがジム・トンプソンはタイシルクの商品が有名だって言っていたけど……それにしても、こんなに可愛いシルクのポーチが千円ぐらいで買えるなんて、すごい。

よく見るとビニールに五十％オフの札が付いていた。そうか、アウトレットだからセールになっていて安く買えるのか……。すごくお得な場所だ。

私は何故か俄然やる気が出て来た。

別に自分の分を買うわけじゃないのに、お得に買い物が出来ると思うとやる気が出て来るのは、女性のサガなのかしら……。

手に取った象柄のポーチを買い物カゴの中に入れた後、じっくりと比較して、あと四つ、ポーチを買い物カゴに入れた。これで五千円ぐらいか。あと、二万五千円、何を買おう。

フロアを歩いて行き、ネクタイのコーナーで立ち止まった。

棚にたくさん並んでいるネクタイを眺める。これも、シルクなのかな……。桜木さんの言っていた通り、ジム・トンプソンはメンズもあるんだ。

ふいに隣から手が伸びて来て、ネクタイを一つ、持って行った。視線を向けると、白人の若い男性だった。店の鏡の前でネクタイを胸にあててじっと見ている。

すごくカラフルで派手な柄のネクタイだけど、あれを買うつもりなのかな……。でも今の若い人の間ではああいうのが流行りなのかもしれない。それとも日本人とは違うセンスなのかな。

私は日本人の男性に受けるようなネクタイを選べる自信が無くて、ネクタイ売り場を通り過ぎた。

するとすぐ隣に女性用のストールのコーナーがあった。タグを見るとこれもシルク百%だった。値段は五十%オフの千バーツ。シルクのストールなんて素敵。私はじっくり選んで、ストールを三枚、買い物カゴに入れた。

次にバッグのコーナーに行くと、素敵なショルダーバッグやハンドバッグやトートバッグが棚の上に並んでいた。その中で鮮やかな花柄のキラキラとした光沢のあるショルダーバッグが目にとまった。手に取って間近で見るとますます素敵だった。中のタグを見るとこれもシルクだった。値段は五十%オフで四千バーツ。バッグの裏や底もじっくり見て、そのバッグを買い物カゴに入れた。バッグはあと一つ、シンプルなボーダー柄のコットン百パーセントのトートバッグを選んだ。これは五十%オフで二千バーツだった。

私は今まで選んだ分を計算した。日本円で約三万二千円だった。

桜木さんは三万円ぐらい買ってと言ってたから、ちょっとオーバーしちゃったな……。桜木さんに選んだ物を見て貰って、商品を選別してもらおう。

フロアの中を見渡すと、端にある洋服のコーナーに桜木さんがいるのを見つけた。私は側まで行って声を掛けた。

「商品を選び終わったんですけど、ちょっと金額をオーバーしちゃったんです。いらない物を選んで貰えますか。それは元に戻してくるので」

「オーバーって、どのくらい？」

「二千円ぐらいです」

「それぐらいだったら大丈夫。私もワンピース三枚選んだだけで、三万円超えちゃったし。それより、このワンピース、見てみて。すごく可愛くない？」

桜木さんは壁の備え付けのポールにたくさん掛けられているワンピースの一つを取って、私に見せた。

Aラインの、草花の絵が全体に描かれているボタニガル柄の可愛いワンピースだった。

「良いですね。きっと売れますよ」

「売り物じゃなくて、これは流川さんに勧めてるの。似合うかなと思って」

「えっ！？　私ですか？」

「そう。こういう感じ、似合うと思う。鏡で見てみなよ」

桜木さんは私にワンピースを渡して言った。

私はすぐ近くに鏡があったので、ついワンピースを受け取って自分の体にあてて見てみた。

あら。我ながら、けっこう似合うかも……。

私が鏡をじっと見ていると、

「ほら、言った通り、似合うでしょ？　それ、買いなよ」

と桜木さんが隣に来て笑顔で言った。私はハッとして、

「いえ、いいです、買いません」

と、桜木さんに慌ててワンピースを返した。

「何で買わないの？　似合うのに」

「……そのワンピース、きっと高いですよね」

「え？　値段？　えーと、これは四千バーツかな。でも五十％オフだからすごくお得よ。素材はシルクだし」

桜木さんはワンピースに付いている値札を見て言った。

「日本円で約一万二千円ですね……やっぱり高いですね。私、洋服は一万円以上の物は買わないようにしているんです」

桜木さんは私の事をじっと見た。

「どうして？」

「どうしてって……、節約しないと、生活していけませんから」

「ふうん……でも、流川さんはこのワンピースを見て可愛いって思ったんでしょ？　鏡で見て、自分に似合うなって思ったんでしょ？」

「そ、そうですけど」

「そう思える洋服に出会える事って、幸せな事じゃない？　人と出会うのと同じで、まさに一期一会だよね」

「一期一会……」

「そう。このワンピースをここで買わなかったら、もしかしたら一生後悔するかもしれないよ」

「そんな、大袈裟な……」

「どうしても欲しくなったらまた今度来た時に買えばいいと思う？　でもその時には、もうこのワンピースは売られてないかもしれないよね。それに一度日本に帰る事になったら、その後はもう二度とバンコクに来る事が出来なくなるかもしれない」

「二度とバンコクに来れなくなるって……そんな事、あるわけないじゃないですか」

「どうしてそう断言出来るの？　未来に何が起こるかなんて分からないじゃない」

「……」

「まぁ、二度と来れなくなるはオーバーだけどさ。でも今、この瞬間欲しいと思った物は、その時に買った方がいいと思うんだよね。だって人生なんて瞬間の積み重ねなんだし、瞬間を無駄にする事は人生を無駄にする事だと思うの。今、この瞬間がすべてだと思うの」

「……」

私はターミナル21に桜木さん達と初めて行った時の事を思い出していた。あの時、桜木さんはローマの街をイメージした、ブランドの店がたくさんあるフロアには行かないと言った私の事をじっと見ていた。あの時も、今と同じ事を思っていたんだろうか。欲しい物があるかもしれないのに、そこに行こうともしない私を、瞬間を、人生を無駄にしていると。

大袈裟といえば大袈裟だけど、確かにその通りかもしれない。

「分かりました……私、そのワンピース買います」

「え、ホントに？　私が勧めたから欲しくないのに買うんじゃなくて？　そういうのだったら、買わなくてもいいんだよ。自分から勧めといて何だけど」

私の態度が急に変わったので、面食らったように桜木さんは言った。

「いえ、私が欲しいと思ったから買うんです。ちゃんとお金もあります。買います！」

私は桜木さんの手からワンピースを取って、宣言した。

「そ、そっか……」

私の迫力に押されたのか、桜木さんは曖昧に微笑んだ。

その後、私と桜木さんはレジに行き会計を済ませた後、五階に向かった。五階ではクッションカバーを二人で選んで、最終的には五枚買った。

「ずいぶん予算オーバーしちゃったなー。でも良い買い物が出来て良かった。あと一つ買いたい物があるんだけど、付き合って貰っていい？」

「いいですよ。何を買うんですか？」

「この五階にはカフェがあるでしょ。そこにジム・トンプソンのクッキーが売ってるから、それを買いたいの。美味しいって有名なのよ」

「へぇ……ジム・トンプソンって食品も売ってるんですね。それもネットで売るんですか？」

「ううん、それは自分で食べるの」

「なるほど……」

食べるのが大好きな桜木さんらしいな……。

二人でカフェに移動すると、店内にクッキーの箱がうずたかく積まれていた。その箱の一つ一つをじっと見て、桜木さんは慎重に選んでいた。

「私も買おうかな……」

私が呟くと、

「流川さんが自分から何か買いたいって言うなんて、珍しいね。クッキー、好きなの？」

「いいえ、日本の友達に送ろうかなと思って。甘い物が好きな子なので」

「いいじゃない。きっと喜ぶよ。彼氏とかには送らないの？　あ、別れちゃったんだっけ」

「えっ。どうして知ってるんですか？」

「今村君に聞いたの」

「……ああ」

あの、おしゃべり……。

「そういえば流川さん、母子家庭だって言ってたけど、お母さんには送らないの？　クッキーとか喜んでくれるんじゃない？」

「……いえ、母にはいいんです」

「お母さん、甘い物嫌いなの？」

「いえ……でも、母は私がプレゼントしても喜ばないと思うので」

「そんな事ないでしょ。それは流川さんの勘違いじゃない？　私の親なんて、父親も母親も私が何をプレゼントしてもすごく喜ぶわよ」

「……私の家と、桜木さんの家は違うんですよ」

「……」

私は言葉に出してしまってから後悔した。こんな事、桜木さんに話す事じゃない。私は話題を変えようとして、携帯を取り出して時間を見た。

「あ、もう一時ですよ。そろそろランチにしませんか？」

「え、もうそんな時間？　ランチはこの前話したカオマンガイの店に行こうと思ってたんだけど、今からじゃ遅くなっちゃうね……どうしようか」

「良かったらここのカフェで食べませんか？　美味しそうですよ」

私はカフェで食べている人達を見ながら言った。

「そうだね……ここって洋食みたいだし、久しぶりに食べたいかも。じゃあ、ここにしようか」

桜木さんもパスタをフォークで口に運んでいる人を見て、言った。

「はい」

私と桜木さんはクッキーを買った後、カフェのテーブルの席に着いた。

メニュー表を見て、私はトマトパスタセット、桜木さんはシーフードパスタセットを注文した。

運ばれてきたパスタを食べてみると、予想以上に美味しかった。なりゆきで入ったカフェだったけど、ここで食事をして良かったと思った。

食後のコーヒーが運ばれてきて、ゆっくりと飲んでいると、

「ジム・トンプソンってメンズもけっこうあったね。ネクタイとかTシャツとか。今村君も来れば良かったのにね」

と桜木さんが言った。

「でも、用事があったんですよね、今村さん」

「そうだけど、カラフルなネクタイとかさ、今村君に似合いそうだなと思って」

「でもコールセンターではネクタイなんて締めないし、買っても無駄じゃないですか。それに今村さんって、なんかネクタイをするイメージじゃないですよね。真面目な感じがし

ないからだと思うんですけど……」

「……前から思ってたんだけど」

「え？」

「流川さんって、今村君の事が嫌いなの？」

「え……別に、そんな事ないですよ」

「そう？　何だか今村君に対して、刺があるなぁって前から思ってたんだけど。流川さんって、けっこう誰にでも人当たりが良いのに今村君にだけ、ちょっとキツイよね」

「……」

「まぁ、誰でも苦手なタイプっているけどさ。でも今村君って、そんなに嫌なヤツだとは思わないんだけどな。ちょっといいかげんな感じはするけど」

「……実は、今村さんって、似てるんですよ」

「誰に？」

「私の元カレに……外見じゃなくて、性格が。いいかげんな所や、女好きな所が」

「へぇ……」

「そのせいか、今村さんを見てるとなんだかイライラしちゃって……自分でも良くないと思うんですけど」

「その元カレとはどれぐらい付き合ったの？」

桜木さんはコーヒーを一口飲んだ後、聞いてきた。

「四年ぐらいですかね……」

「けっこう長いね。そんなに続いたのに、別れちゃったんだ」

「腐れ縁みたいな感じでしたから。別にもう好きじゃないのに、だらだらと長く続いちゃって……。今考えると、一人になる事が怖かったっていうか、彼氏がいるっていう状態を手放したくなかっただけかもしれないって思うんですけどね」

「ふーん。でもそんなに長く続いたって事は、やっぱり相手にちょっとは良い所があったんじゃない？　一緒にいてホッとするような所がさ。じゃなきゃ、四年も続かないと思うけどな」

「……」

　彼の良い所……。あったかな、そんな所。でも桜木さんの言う通り、何も良い所の無い相手とは付き合わなかっただろうし……。私はもう忘れてしまった彼の長所に関して思いを巡らせた。そして、ふいに思った。そういえば彼って明るかったな。

　彼は本当にいつも何も考えてないいいかげんな人だったけれど、何も考えてない分、いつもとても明るかった。その底抜けの明るさに励まされた事が、何度かあったかもしれない。そう考えると、どんな人にも良い所ってあるんだな……。もっとも、浮気した時点で、やっぱり嫌いだけど。

　そんな事をぼんやり考えていると、桜木さんが、

「来週の土曜日も買い物に行きたいんだけど、付き合ってくれる？」

　と聞いてきた。

「いいですよ。今度はどこに行くんですか？」

「チャトゥチャック・ウイークエンド・マーケットに行きたいの」

「な、長い名前ですね。どんな所ですか？」

「日本でいう骨董市場みたいな所。でも、もっと巨大だけどね。敷地はすごく広大だし、店の数は一万以上あるの」

「一万！　すごいですね」

「世界最大の骨董市場って言われてるぐらいだからね。名前の通り、土日しかやってないんだけど。そこではアンティーク品とか、銀食器や陶器とか、古着とか、洋服とか、アクセサリーや宝石とか売ってるの」

「え、宝石も売ってるんですか？」

「タイは宝石の輸出国としても有名だからね。ルビーやサファイヤなんかが、日本よりずっと安く買えるみたい。もっとも偽物も多いらしいから、買う店は注意しなきゃいけないけどね」

「なるほど……」

「じゃあ、土曜日にアソーク駅で八時待ち合わせでいい？」

「八時？　いつもは十時なのに早いですね」

「そのマーケットは、九時に開くから早めに行きたいの。早い時間の方が混雑を避けられるしね」

「そんなに混むんですか？」

「一日に数十万人は訪れるみたい」

「す、すごいですね。私、けっこう方向音痴なので、迷子になりそう……」

「私も。初めて行く場所だしね。だからここはいつもみたいに別々に買い物をしないで、一緒に買おう」

「そうですね。場所は遠いんですか？」

「ＢＴＳのモーチットって駅のすぐ側にあるんだけど、その駅はアソーク駅から十駅ぐらい離れてるかな」

「今までで一番遠いですね。分かりました、八時ですね」

「うん、よろしく」

そう言って桜木さんはニッコリ微笑んだ。

6

土曜日、アソーク駅の改札前まで行くと、見慣れた顔の二人が立っていた。増田さんと島崎さんだった。

「あ、来た来た。流川さん、こっちですよ」

私に気付いた島崎さんが手を振った。私は訳が分からず二人の側に駆け寄ると、

「チャトゥチャックウイークエンドマーケットに私と増田さんも一緒に行く事になったんです」

と、島崎さんが言った。

「でも二人とも、土曜日は用事があるんじゃなかった？　島崎さんは語学学校じゃなかった？」

不思議に思った私が聞くと、

「今日の授業は休みになったんです。担当の先生が数日前から体調を崩しちゃって。その

事を桜木さんに話したら誘ってくれて」と島崎さんが言うと、

「私は土曜日にはバンコクにいる友達にいつも会ってたんですけど、昨日からその友達が体調不良で、キャンセルになったんです。それを桜木さんに言ったら私も誘って貰えて」と増田さんも言った。

「そうなんだ……二人とも、桜木さんの荷物持ちを手伝うの？」

「え、荷物持ち？　私はただマーケットで買い物をしたいだけですけど……」

島崎さんは困惑した表情で言った。

「私もそうです」と増田さんが言った。

じゃあ、荷物持ちは私だけなんだ……。まぁ、そんなにたくさん荷物持ちなんていらないか……。

「流川さん、桜木さんの荷物持ちをやってるの？　そういえば桜木さん、ネットでタイの雑貨を売りたいって言ってましたもんね。でも、嫌だったらちゃんと断った方がいいですよ」

増田さんが心配そうな顔で言った。私は慌てて、

「ううん、全然嫌じゃないから大丈夫です。桜木さんはお礼にランチを毎回奢ってくれるし、私も色々な場所に行けて楽しいから」

「え？　ランチを奢ってくれるんですか？　それはけっこういいですね……」

一転して、増田さんは妙に羨ましそうな視線を私に向けた。

「お待たせーっ。皆、もう来てたんだ。遅れちゃってごめんね」

桜木さんが小走りでやってきた。

「いえ、ちょうど時間ぴったりですよ。じゃあ行きましょうか」

　私が歩き出すと、

「あ、待って。まだ今村君が来てないから」と桜木さんが私を制止した。

「今村さん？　今日、今村さんも来るんですか……？」

「うん。皆で行った方が楽しいでしょ。今村君はこの前は用事があるって言ってたけど、今日は大丈夫みたいだから」

「そうなんですか……」

　私は内心げんなりしたが、自分の好き嫌いを皆に押し付けてはいけないと思い直した。それに、今村さんが元カレに似ているのは、別に今村さんのせいじゃないしな……。

　それからしばらく今村さんの事を皆で待ったが、なかなかやって来なかった。

「桜木さん、もう八時二十分ですよ。今村さん、いくら何でも遅すぎません？　マーケットが開いちゃいますよ」

　増田さんが少しイライラした様子で桜木さんに言った。

「そうね……こんなに遅いなんて、何かあったのかしら」

　桜木さんが心配そうに呟いた。

「電話してみましょうか」

　島崎さんが携帯を取り出して、電話を掛けようとした時、

「ごめーん、遅刻しちゃったーっ！」

　今村さんの大きな声が響いて、皆で声の方に振り向くと、今村さんが人混みを掻き分けるようにして必死で走って来るのが見えた。

二十分も遅刻していると、さすがに今村さんも皆に悪いと思うんだろうな……。

私は妙に感心した気持ちになって今村さんの姿を眺めた。

「起きたら携帯のアラームがオフになっててさ、ごめんごめん」

今村さんは私達の所まで来ると、笑顔で軽くペコッと頭を下げた。

「それじゃ仕方ないね。じゃあ、皆揃ったし行こうか」

桜木さんが言うと、

「実は、皆に紹介したい人がいるんだよね」

と今村さんが満面の笑顔で言った。すると今村さんの背後から、ぴょこんと女性が顔を出した。

二十代前半ぐらいに見えるタイの女性だった。目が大きく、痩せていてとても可愛い子だった。ノースリーブの丈が短いワンピースを着ていて、ヒールの高い白いサンダルを履いている。ヘアスタイルが奇抜で、金髪に染めた長い髪をポニーテールにして、赤いリボンで結んでいる。

あれ、この子、どこかで見たような……。

「彼女、名前はマリアちゃんって言うんだ」

「マリアです。初めまして」

マリアちゃんは笑顔で私達に挨拶をした。

「マリアちゃんはバンコクに住んでいて、普段はスクンビット通りにあるソイ26の和食屋さんで働いてるんだよ」

今村さんは意気揚々と私達に彼女の事を紹介した。

「ソイ26にある和食屋さん……あ、この前食べに行ったお店で働いていた女の子っ？」

私は記憶が蘇って、言った。日本語がとても上手かった子だ。

横にいた桜木さんも「そうだね、その子だよ」と頷いた。

「え、二人とも、マリアちゃんの事知ってるの？」

今村さんが驚いた顔で私と桜木さんを見た。

「偶然、マリアちゃんが働いているお店で二人で食事した事があるの。それより、マリアちゃんも一緒にマーケットに行くの？」桜木さんが聞くと、

「うん。俺が誘ったんだ。マリアちゃんも一緒でいいよね？」

「私は別にいいよ。大勢の方が楽しいしね。皆もいいよね？」

桜木さんは私達の方を見て言った。私達も別に反対する理由は無いので頷いた。

「それより、そのマリアちゃんって方、今村さんといったいどういう関係なんですか？友達ですか？」

増田さんが不思議そうに聞くと、今村さんは聞かれるのを待ってましたといった感じで、

「マリアちゃんはね、俺の彼女でーす！　一週間ぐらい前から付き合ってます！」

と堂々と宣言した。

か、彼女？

私は呆然と二人の姿を見つめた。

「へぇ、今村さん、もうタイで恋人が出来たんですか……」

増田さんが驚いたように言うと、

「俺、とにかく彼女が欲しくて休日に色々な所に出掛けて探してたんだ。でもタイの女の

子と付き合うには、タイ語が出来ないのがネックだなってずっと思ってて。それで、バンコクの日本人村って呼ばれている辺りをぶらぶらしてたんだ。そこでなら、日本語が話せる子と知り合うチャンスがあるかなって思って。それで和食屋さんに入ってみたら、マリアちゃんがいてさ。とにかく可愛かったから一目惚れ。それで勇気を出してデートに誘ったらOKして貰えてさ。先週の土曜日に初デートして、告白して、付き合う事になったんだよねっ」

誰も馴れ初めなんて聞いてないのに、今村さんは滔々と私達に話して聞かせた。

先週の土曜日に初デート……。つまり先週、今村さんが用事があると言ってジム・トンプソンの買い物に来なかったのは、この子とのデートがあったからなのか。どうでもいいけど。

「ふーん。彼女が出来て良かったね、今村君。あ、それより早くBTSに乗ろう。マーケットが開いちゃう」

慌てたように桜木さんが言った。私もハッとした。そうだ、それでなくても今村さんの遅刻で時間が経っているのに、今村さんの話を聞いている内に更に時間が過ぎてしまった。

私達は急いでBTSへ乗り込んだ。

目的地のモーチット駅に着くと、すぐ目の前に公園があった。

「ここはチャトゥチャック公園といって、ここを抜けるとマーケットの会場みたい」

桜木さんの説明通り、公園の中にある小道を歩いて行くと、外への出入り口があり、そこを出ると、マーケットが広がっていた。

「すっげーな……」

今村さんが歩きながら驚きの声を上げた。マーケットの通りには見た事のないほど大勢の人がいて、通りの両端には大量のお店が並んでいた。その店と店の間にも細い通路があり、その両端にも店が重なるように並んでいた。細い通路の向こう側にも通りがあるのが見え、マーケット内に、いくつも通りや細い通路があるようだった。

私はその光景を見て、方向音痴の自分がこんな場所を一人で歩いていたら絶対に迷子になると思った。すると私の気持ちを代弁するように、

「私、迷子になりそうで怖いです……」

と、増田さんが不安そうに呟いた。

「大丈夫、地図があるから」

桜木さんが増田さんを見て言った。

「地図？　どこに？」

増田さんが不審そうに答えた時、通りに立っていたタイの男性が、皆に紙を渡してきた。渡された紙を見ると、マーケットの地図のようで、通りにある場所ごとに番号が振られていて、英語とタイ語の説明が付いていていた。

「このマーケットは来る人皆に地図を配布してくれるの。マーケットはセクションごとに分かれていて、セクションによって売られている物が違うから、皆、地図を見ながら買い物をするみたい。トイレやATMの場所も載ってるしね」

地図を見ながら桜木さんが言った。

「なるほど……ちゃんとフォローがあるんですね」

私はホッとして地図を眺めた。桜木さんは続けて、

「地図に時計台が載ってるでしょ？　この時計台はマーケットの中心にあって、どこの場所にいても見えるから、ここを待ち合わせ場所にしよう。お昼の十二時になったら、ここに集合ね。それまでは皆、それぞれ好きに買い物しよう」

私は地図から顔を上げて、時計台を探した。

確かに、少し離れた場所に札幌の時計台のような細くて高い建物があった。

「じゃあ、俺はマリアちゃんと買い物してくるから。また十二時に」

そう言って今村さんはマリアちゃんの手を取ると、手を繋ぎながら二人で人混みの中に消えていった。

「私は流川さんとネットで売るための物を買いに行くから」

と桜木さんが言うと、

「じゃあ、私は増田さんと好きな物を見て回ります」

と島崎さんが言った。

「そうね、島崎さんと一緒だったら安心だわ」

増田さんは島崎さんを見て、安心したように言った。

「じゃあ、十二時に時計台で」

桜木さんの言葉に皆頷き、桜木さんと私、増田さんと島崎さんの二組に分かれ、マーケット内を歩き出した。

大勢の人が行き交うマーケットの通りを桜木さんと二人で歩いていると、すれ違う人達

の中に、かなり白人がいる事に気が付いた。

「なんだか、白人がすごく多いですね」

「そうね。タイは今や世界有数の観光国だから、世界中から来てるんだろうね。でも特にオーストラリアからが多いんじゃないかな。近いからね」

「ああ、なるほど」

「それにしても、今日も暑いね。陽射しがキツイ。帽子を被って来て良かった」

桜木さんは帽子を深く被り直した。桜木さんは今日はネイビーの大きなリボンの付いたつばの広い麦わら帽子を被っていた。

「毎日、太陽がギラギラと照りつけてくる感じですよね。もう十一月なのに、真夏みたいで信じられないです。それに、全然雨も降らないですよね」

私も同意して、青い空を見上げた。

「タイは十月から四月ぐらいまでは乾季だからね。でも五月から九月ぐらいの雨季はそれこそ日本のゲリラ豪雨みたいなすごい雨が降るみたいよ。そういう意味じゃ、今はまだ過ごしやすい季節なんだろうけどね。あ、ここかな」

桜木さんは立ち止まり、地図を見た。

目の前に並んだお店は、どれも洋服のお店のようで、店頭にずらりとワンピースやTシャツが飾られていた。

「ここのセクション十八、二十、二十一、二十三は洋服や古着やアクセサリーが売ってるみたい。ここでワンピースとTシャツを買おうと思って」

「でも、ワンピースはこの前ジム・トンプソンで買いませんでした？」

「三着だけね。やっぱりジム・トンプソンは高いから。でもここのワンピースはすごく安いと思うから大量に買うつもり。流川さんもTシャツを選んでね」

「大量に……」

それを今日は持つのか……。

桜木さんは店のスタンドにたくさん吊るされているワンピースを一枚、一枚、手に取って見定め始めた。私も棚の上に置かれているTシャツを手に取った。値札を見ると五十バーツだった。え、日本円で百五十円っ？　安い。というか、安すぎる。思わず穴でも開いているんじゃないかと確認してしまったが、普通のTシャツだった。

「これぐらいでいいかな」

桜木さんはあっと言う間に十枚ほどのワンピースを選んだ。私も急いでTシャツを十枚選び、桜木さんに渡した。会計を済ませて店を出て、

「桜木さん、すごいですよ。このTシャツ、一枚、五十バーツです」と伝えると、

「このワンピースは一枚、百バーツよ」

と桜木さんが答えた。

「えっ？　百バーツって、三百円じゃないですか。ワンピースが三百円っ？」

「ここは古着屋さんみたいだから」

「ああ……古着だから安いんですね。でも、ちゃんと着れる物だし、やっぱりすごく安いですよね」

「見た目は新品と変わらないし、お買い得だよね。やっぱり来て良かった」

桜木さんは笑顔で言った。

買った物をビニール袋に入れて貰い、店を出ると、桜木さんは良い買い物が出来てご機嫌なのか、鼻歌を歌いながら歩き出した。私は並んで歩きながら、

「次はどこに行くんですか？」と聞いた。

「セクション7と8。ここは宝石を売っているの」

「へぇ……宝石」

「何か良い物があったら、流川さんも自分用に買ったら？　私もそうしようと思ってるの」

「いえいえ、宝石なんて高過ぎて……」

「ここのマーケットに売っている物は他で売っている物より、すごく安くてお買い得だから。せっかく安く宝石を買えるチャンスなのに買わないのはもったいないじゃない？　もちろん、偽物には気をつけなきゃいけないけどね」

「……そうですね」

宝石か……。そういえば元カレにプレゼントされた指輪に小さなダイヤモンドが付いていたっけ。もうリサイクルショップに売っちゃったけど。バンコクに来た記念というか、再出発の記念に新しい宝石を買ってもいいかもしれない。

自分で、自分にプレゼントしようかな。

そんな事を考えている内に、セクション7と8に着いた。

「たくさんお店がありますね」

私は並んでいるお店を眺めながら、宝石を売っているお店がこんなにあるのかと驚いていた。

「そうね。この中でちゃんと本物を売っているお店を見つけるのが重要だけど……あ、あ

のお店なんかいいかも」

桜木さんは近くにあるアンティークショップのような雰囲気のお店を指差した。そこのお店に行ってみると、店内には古いガラスケースが並べられていて、中には指輪やブレスレット、ネックレスなどが無造作に置かれていた。

「古いお店ですね」と私が言うと、

「こういうお店の方が逆に信用出来そう。昔からやっている雰囲気があるものね。宝石を仕入れる独自のルートを持ってそう」

と言って、桜木さんは興味深げにガラスケースを覗き込み、商品の品定めを始めた。

私も桜木さんとは別のガラスケースの中をじっと見つめた。

このガラスケースは指輪専門らしく、たくさんの指輪がずらりと並んでいた。このガラスケース、勝手に開けちゃっていいのかな……。

試しにガラスケースの蓋に手を掛けると、簡単に開いた。鍵が掛ってないという事は、自由に見ていいという事なのかもしれない。並んだ指輪の中で、紫色の小さな宝石が花びらをかたどっている指輪が目に止まった。

その指輪を手に取り、右手の中指にはめてみる。日の光を受けて、キラキラと輝いている。綺麗。これは何の宝石だろう。アメシストだろうか。指輪を外して内側を見てみると、925の刻印があった。金属の部分はシルバーか……。

その指輪を置いて、他の指輪を見ていると、変わった指輪が目に入った。金色に光る丸い宝石が付いているだけのシンプルなデザインだけれど、その宝石が変わっている。宝石には、細い棒状の、まるで冬の霜柱のような白い物がいくつも内包されていた。

思わずその指輪に手を伸ばすと、同じように手が伸びて来て、指輪の上で手が重なった。

「あら、流川さんじゃないですか」

顔を上げると、増田さんが驚いた顔で私を見ていた。同時にこの指輪に手を伸ばしたのは増田さんだったのか。よく見ると、隣に島崎さんもいる。

「増田さん達もこのお店に来てたんですね。気付きませんでした。私はついさっき桜木さんと来たんです」

「私達も今来たばっかり。偶然ね。その指輪、買うの？」

増田さんはさっきの金色に光る変わった宝石の指輪をチラリと見て言った。

「いいえ、変わった指輪だなって見てただけです」

「そうなんだ、良かった。私、この指輪を見た瞬間、絶対欲しいって思っちゃったから。前からルチルクォーツが欲しかったの」

増田さんは嬉々とした表情になって、さっと指輪を手に取り、自分の右手の薬指にはめて満足そうに微笑んだ。

「うん、私にぴったり」

「その宝石、ルチルクォーツっていうんですね」

「そう。ちょっと変わった宝石でしょ。金運を高めるって言われているのよ。だから絶対、欲しかったの」

「へぇ……金運を」

なんだか増田さんが金運を高める物を欲しがるなんて意外だな、と思った。雰囲気がおっとりしていて、着ている洋服もいつも上品で、お金持ちの奥様風だから、お金に不自由していないようなイメージがあるせいかもしれない。

「流川さん、良い物見つかった？　あれ、増田さんと島崎さんも来てたんだ」

　桜木さんがやって来て、二人を見て驚いた顔で言った。

　それから四人で宝石を色々見て、結果的に増田さんはルチルクォーツの指輪を一つだけ、島崎さんはアメシストのネックレスを一つ、私と桜木さんはネットで売る用とは別に、桜木さんはルビーの指輪、私は琥珀のネックレスを買った。どれも日本で買うよりもずっと安かった。皆、購入した後すぐに身に付けた。

「桜木さんのルビーの指輪、素敵ですね。桜木さんに似合ってる」

　桜木さんの付けた指輪を見て私は言った。情熱的なイメージのあるルビーは桜木さんに本当に似合っていた。

「ありがとう。流川さんの琥珀のネックレスも似合ってる」

　桜木さんは私が首から掛けているネックレスを見て言った。

「琥珀の中に虫が入っているところが気に入ったんです。桜木さんはルビーが好きなんですか？」

「うん。自分の誕生石でもあるしね」

「へぇ、誕生石……」

　じゃあ、桜木さんは七月生まれなんだな。

　それから私達四人は宝石店を出て、もうそろそろ十二時になるので時計台に向かって歩いて行った。

時計台に着くとすでに今村さんとマリアちゃんがいた。

「じゃあ、ランチにしようか。皆、パエリアは好き？　ここのマーケットには名物おじさんが作るパエリアのお店があって、すごく美味しいみたいだから、それを食べたいと思ってるんだけど」

桜木さんが提案すると皆、パエリアが好きだったらしく賛成し、お店に向かった。

「マリアちゃん、ランチは俺が奢るからね」

今村さんは笑顔でマリアちゃんに言った。

「ありがとう、嬉しい」

マリアちゃんも笑顔で返していた。

パエリアのお店に着くと、通りに巨大な鍋を出し、パエリアを作っている恰幅の良いおじさんがいた。この人が名物おじさんなのだろう。わざわざ通りに鍋を出して作っているのは通行人へのパフォーマンスなのかもしれない。実際、歩いている人達はパエリアの美味しい臭いにつられるのか、立ち止まって作るのを見ていた。

それにしても、名物おじさんの顔立ちや雰囲気を見ると、どう見てもタイ人じゃないような……。イタリア人かな。いや、パエリアだからスペイン人？

とりあえず私達は店の開いているテーブルの席に座った。パエリアと飲み物を注文した後、私は名物おじさんが料理している姿をじっと見物していた。すると、ある事に気が付いた。おじさんが鍋を置いている調理器具の下には、たくさんのお米の袋が置いてあったが、なんと、そのお米の袋には『秋田コマチ』と書いてあったのだ。使ってるお米、タイ米じゃなくて、日本のお米なのっ？　私は唖然とした。なんだか衝撃の事実を見てしまったような……。

出来上がったパエリアが飲み物と一緒に運ばれてきて、テーブルに置かれた。

湯気を上げたパエリアは見るからに美味しそうで、しかもボリュームがあった。私はスプーンで一口食べた後、あまりの美味しさに感動した。今まで食べたパエリアの中でダントツに美味しいと思った。そんなにたくさんパエリアを食べた事がある訳じゃないけど。

「すごい美味しい。今まで食べた中で一番かも」

隣に座っていた桜木さんが笑顔で言った。食べる事が好きな桜木さんが言うんだから、やっぱりかなり美味しいのかもしれない。

「ここのパエリアって、本当に美味しいですよね」

マリアちゃんは以前も食べた事があるらしく、微笑んで言った。

「前に和食屋さんで会った時も思ったけど、マリアちゃんって日本語がすごく上手だよね。どこかで習ったの？」

桜木さんが聞くと、

「マリアちゃんはハーフなんだよ。お父さんが日本人で、お母さんがタイ人なんだ。日本生まれ、日本育ちだから、タイ語より日本語の方が得意なんだよ」

と今村さんがマリアちゃんの代わりに答えた。

「じゃあ、国籍も日本なの？」

「そうです。フルネームは黒川マリアって言います。マリアはカタカナです。お母さんの生まれ故郷のタイに住んでみたくて、去年、タイに来たんです」

今度はマリアちゃんが答えた。

「そうだったんだ。日本人なら日本語が上手くて当たり前だね」

桜木さんは合点がいったようだった。

「はい。皆さんは、会社員なんですよね。普段はどんなお仕事をされてるんですか?」

マリアちゃんが私達に聞いた。

「今村君に聞いてない?　私達、バンコクにある日本企業のコールセンター働いているの」

桜木さんが答えると、

「話してなくてごめん。なんか、コールセンターって言いづらくて」

と今村さんが少し気まずそうにマリアちゃんに言った。

「言いづらい?　どうして?」

マリアちゃんが不思議そうに聞き返した。

「だって、コールセンターって一般的にあんまり給料高くないし。マリアちゃん、もしかしたら俺の事、バンコクにいる日本企業の駐在員だと思っていて、だから付き合ってくれたのかなって思って……」

私は今村さんの言葉に驚いてしまった。今村さんが自分の職業やお給料を気にしているなんて、気付かなかった。いつも何の根拠も無く自信満々に見えるのに……。

「そんな事ないよ。今村さんがお給料が低くても、どんな仕事をしていても関係ない。私は、今村さん自身が好きになって、だから付き合ったんだもの」

マリアちゃんは今村さんを真っ直ぐに見つめて言った。

私はそんなマリアちゃんの言葉を聞いてなんだか感動してしまった。マリアちゃんはとても可愛いので、その気になればもっと条件の良い人と付き合えると思うのに、相手の職業とか、お金持ちかどうかなんて関係ない、ただ好きだから付き合ったとハッキリと言い切るマリアちゃんが、眩しく見えた。

「なんだか若いっていいですね。キラキラ輝いて見えます」

増田さんも私と同じ事を思ったらしく、溜息をついて言った。

「私もそう思える人に出会えるのが夢です。それはそうと、ランチを食べ終わったらどうします？　帰りますか？　私はまだマーケットを見て回りたいんですけど」

と島崎さんが皆に聞いた。

「私もまだ見てないセクションがあるから、午後も回りたいと思ってる」

と桜木さんも言った。

「俺達ももっと見て回りたいって話してたんだ。じゃあ、午後四時頃にまた時計台で待ち合わせようか」

今村さんが提案し、皆同意した。それからランチを食べ終わり、また私と桜木さん、増田さんと島崎さん、今村さんとマリアちゃんに分かれて買い物をする事になった。

私と桜木さんはアンティーク品が売っているセクションに行って、アンティークの銀食器を買ったり、タイの若手デザイナーが作ったアクセサリーが売っているセクションで、大量にアクセサリーを買ったりした。暑い中買い物をしているので、時々、マーケット内にあるカフェで休憩したり、通りで売っているアイスキャンディーを食べながら歩いたりした。

アイスキャンディーを食べ終わってしばらくすると、私は突然、お腹の痛みを感じて、立ち止まった。

「流川さん？　どうしたの？」

隣を歩いていた桜木さんが振り返って私を見た。

「す、すみません。なんだかお腹が痛くて……。さっきのアイスでお腹を冷やしたみたいです」

「え、アイスを食べただけで？　そういえば流川さん、胃腸が弱いって言ってたもんね……。大丈夫？」

「この近くにトイレありましたっけ」

「えーと、あ、ちょうどすぐ近くにあるみたい。ほら、あそこじゃない？」

桜木さんは地図を見た後、通りの右端にある建物を指差して言った。

「じゃあ、私ちょっと行ってきますね」

「私、外で待ってるね」

「はい」

私はトイレの建物に向かって駆け出した。すぐ着いて中に入ろうとすると、建物の前でポケットティッシュが大量に売られていた。もしかしたら、トイレにはトイレットペーパーが置いてないのかもしれない。私はポケットティッシュを購入して建物の中に入った。

トイレの個室の中に入ると、案の定、トイレットペーパーは無かった。良かった、ティッシュを買っておいて。ん？　このトイレはまさか……。私は目の前のトイレの容器をじっと見つめた。まさかの、ぼっとん便所？

私は呆然としてしまった。バンコクの住んでいるマンションのトイレも、職場のビルのトイレも、普通に綺麗な水洗トイレだったので、まさかぼっとん便所に遭遇するなんて。

でもよく考えたら、ここは週末だけ開催するマーケットなのだから、トイレがこういう形式になっていても仕方ないのかもしれない。いわば仮設トイレのような物なのだろう。

私は何とかトイレを済ませると、個室を出て、洗面所で手を洗った。

洗い終わって外に出ようとしたところ、隣の洗面所の前に立っている若い女性がじっとこっちを見ている事に気が付いた。ベビーカーを持っていて、腕に赤ちゃんを抱いている。

顔立ちや雰囲気から、もしかしたら日本人かなと思っていたら、その女性が、日本語で聞いてきた。

「あの、日本の方ですか?」

「え? は、はい。そうですけど」

女性の顔がパッと明るくなった。

「すみません、私がトイレに入ってる間、この子を預かって貰っていいですか?」

「ああ……分かりました、いいですよ」

私の返事を聞いて女性はホッとした表情になり、赤ちゃんを私に渡すと「すぐ戻って来ますから」と言って、トイレの個室に入って行った。

赤ちゃんを抱きながらぼっとん便所に入るのは確かに危険かもしれない。どうかすると、赤ちゃんをぼっとん便所の中に落としてしまいそうだ。私は腕の中で無邪気に笑っている赤ちゃんをじっと見つめた。

大きな黒目が真っ直ぐにこちらを見ていた。その瞳は、世界中の誰よりも純粋に見えた。

私も、赤ちゃんの時はこんなだったのかな……。そして、赤ちゃんだった私を、お母さんは必死に育てていたんだろうか……そんな事をぼんやりと考えた。

　女性が個室から戻って来て手を洗った後、無事に赤ちゃんを引き渡して、建物の外に出て行くと、通りに立っている桜木さんがコーンに乗ったアイスクリームを食べていた。

「桜木さん、またアイスを食べてるんですか？」

「うん。そこで売ってたから美味しそうだなと思って。さっきのは苺のアイスキャンディーだったけど、これはココナッツのアイス。すごく美味しいよ」

「そうですか……」

　アイスを二個立て続けに食べるなんてすごい。私にはとても真似が出来ない芸当だ……。でも、胃腸が丈夫な健康な人にとっては普通の行為なんだろうな。私は胃腸の調子が悪くならないように、一日に食べる物の種類や量をいつも気にして食べているけれど……。

「そろそろ四時になるから時計台に行こうか」

　桜木さんはアイスを食べ終わると、腕時計を見て言った。

「え、もう？　あっと言う間ですね……」

　私達は時計台に向かって歩き出した。

　歩きながら私がさっき入ったトイレがぼっとん便所だったと話すと、桜木さんが、

「別に珍しくないよ。バンコクの飲食店や施設も、ぼっとん便所の所けっこうあるしね」

「え、そうなんですか？　今まで一度も見掛けた事ないですけど」

「流川さんはたまたま綺麗な所にばっかり行ってるからじゃない？　ターミナル21とかセントラルワールドとか、ジム・トンプソンとかさ。でもああいう所は言ってみれば、特別

な場所だからね」

「そうだったんですね……」

「そういう意味ではタイは一昔前の日本みたいな場所だよね。だけど、すごいスピードでどんどん変わっていってるけどね」

「そうですね……」

正直、私もバンコクに来るまではこんなに都会だと思っていなかった。これから五年後、十年後、バンコクの街はもっと変わっていくのだろう。そしてその時、東京は、日本は、どんな風に変わっているのだろう……。そんな事をふと考えた。


時計台に着くとまだ他の人達は来ていなかったけれど、少しすると増田さんと島崎さんが来て、最後に今村さんとマリアちゃんがやって来た。

「遅れてごめん。マリアちゃんに似合うアクセサリーを探してたら時間がかかっちゃって」

今村さんが照れたように言った。

「私のせいで遅れてすみません。でも、今村さんにすごく可愛いペンダントを買って貰えて嬉しいです」

マリアちゃんが笑顔でそう言うと、

「安物でごめんね。お金が貯まったら、もっと高い物をプレゼントするよ」

今村さんが申し訳なさそうにマリアちゃんに言うと、

「ううん、私にとっては世界一のペンダントです」

と、マリアちゃんは健気な可愛らしい事を言って、自分の首に掛けたペンダントを手で持ち上げて見せた。

黒い革紐にぶら下がった、ハート型の水色のガラスがキラリと光っていた。

「綺麗なガラスのペンダントですね。バカラみたい」

増田さんが感心したように褒めた。増田さんの言う通り、今村さんは安物と言っていたが、繊細な作りで、高級感があるペンダントだった。バカラのアクセサリーは持っていないから、似ているかどうかは分からないけれど……。

「これからどうしますか？　マーケットは六時までやってるみたいですけど」

島崎さんが皆に聞いた。

「まだ見てないセクションもあるけど、今日はもういいかな。たくさん買っちゃったし。それより、この後皆でマッサージのお店に行かない？　歩き過ぎて足がパンパンだし、マッサージして貰いたいと思って。この近くに有名なアロママッサージのお店があるみたいなの」

と桜木さんが提案した。

「そうなんですか。私も足がちょっと痛いのでマッサージを受けたいです」

私が賛成すると、

「いいですね。タイといえば、マッサージですもんね」

増田さんもかなり乗り気な様子で賛成した。

「私も行ってみたいです。アロママッサージって一度も受けた事が無いから、体験してみたいです」

島崎さんも賛成した。桜木さんが今村君とマリアちゃんはどうする？　と聞くと、

「ごめんなさい……。私、マッサージはちょっと苦手なので……。今回は遠慮させてもらいます」

とマリアちゃんが申し訳なさそうに言った。

「そっか。仕方ないね。他人に体を触られるのが苦手な人もいるもんね」

「マリアちゃんが行かないなら、俺もやめておくよ」と今村さんが言った。

「元々、俺達、この後飯を食って、飲みにでも行こうって話してたんだ。じゃあ、またな」

「皆さん、さようなら。今日はありがとうございました」

今村さんとマリアちゃんは私達に挨拶をすると、雑踏の中を、手を繋いで歩いて行った。

桜木さんは二人の後姿を見ながら、

「なんていうか……ラブラブっていうか、仲の良い二人だよね」

と呟いた。

「青春って感じですね」

と増田さんも遠ざかる二人の姿を眺めながら呟いた。

「素敵ですよね。私も早く恋人を見つけて、あんな風に歩きたいです……」

と島崎さんが心底羨ましそうに言った。

「じゃあ、女四人でマッサージに行くか」

苦笑しながら桜木さんが言った。その言葉を合図に私達は歩き出した。

マッサージのお店はマーケットを出てしばらく歩くとあった。庭にたくさんの花や植物が植えられたアジアンテイストな木造の一軒家で、趣があった。

「突然来ちゃって、予約でいっぱいだったらどうします？」

増田さんが少し不安そうに言った。

「大丈夫だと思うけど、まぁ、その時は帰るしかないわよね……」

桜木さんはそう言うと、お店のドアを開けた。

お店の受付には二人のタイの女性がいた。日本語が通じるらしく、桜木さんは受付の人と話した後、後にいる私達の方に振り返って指でＯＫサインを作った。

「一時間と二時間のコースがあるけど、どうする？　私はせっかくだから二時間のコースにしようと思ってるんだけど」

桜木さんが皆に聞くと、

「お値段はいくらですか？」と増田さんが聞いた。

「一時間、千バーツだって」

「千バーツ……という事は三千円ですね。じゃあ二時間だと六千円ですか。けっこうお高いですね……」

増田さんは考え込むような表情になった。

「でも、日本だと二時間で軽く一万円は超える所も多いらしいですから、やっぱり日本に比べると安いですよ。私も二時間コースにします」

と島崎さんが言った。私も日本よりかなり安いと思い、二時間コースを希望した。

「あら、皆二時間？　じゃあ、私もそうします」

増田さんはあっさり意見を変え、私達と同じ二時間コースにした。

受付の内の一人に、建物の中を案内され、それぞれ個室に通され、ここで着替えた後、廊下の一番奥にある部屋に来るように言われた。

個室の中に一人で入った後、服を脱いで紙パンツを履いてバスタオルを巻いた後、皆と一緒に奥の部屋へ向かった。

部屋のドアを開けるとマッサージを行うタイの女性エステティシャンが、四人スタンバイしていた。広い部屋の中央に、綺麗な模様の布が敷かれた、ベッドのような四つのマッサージ台が置かれている。それぞれの台の間には衝立が置いてあった。

私達がそれぞれ別のマッサージ台に横になると、エステティシャンの人が、

「アロマにアルガンオイルが入った物と、入ってない物のどちらか選べます。どちらにしますか？」と、聞いてきた。

「ここってアルガンオイルで有名なところらしいから、私はそれにする」

と桜木さんが言った。

「アルガンオイルがあるんですね。確か、すごく肌にいいんですよね。肌のハリを取り戻してくれるって聞きました。私もそれにします」

増田さんの嬉しそうな声が聞こえた。

そんなに肌に良いのか、と思い、私もそれにした。島崎さんも増田さんの言葉に感化されたのか同じ物にした。結局四人とも同じアロマになり、マッサージが始まった。

さすがマッサージの本場のタイの人だけあって、とても上手だった。歩き疲れて強張った足や体が徐々にほぐれていくのを感じ、部屋に漂う心地よいアロマの香りもあいまって、なんだか段々眠くなってきてしまった。

「……そういえばさ、あの事件、どうなったんだろうね」

桜木さんの声にハッと目が覚めた。

「あの事件って……渡辺加奈子さんがトイレで殺された事件の事ですか」

増田さんが聞き返す声が聴こえた。

「そう。もう一ヶ月ぐらい経つのに、ニュースで続報を聞かないよね。まだ犯人は捕まってないって事かな」

「そうでしょうね……。捕まったらニュースになるでしょうし。でも、一ヶ月経っても犯人が捕まらないなんて、おかしいですよね。バンコクの警察はいったい何をやってるんでしょうね。日本人が殺された事件だからって手を抜いてるんでしょうか」

増田さんが憤慨するように言った。

「でも、日本でもそういう事ってけっこうありますよね。私の住んでいる地域でも、二年ぐらい前、家に忍び込んできた強盗に殺された人がいたんですけど、いまだに犯人が捕まってないんですよ。結局、迷宮入りしちゃったみたいで……」

島崎さんの声だった。

「殺人事件って、動機から調べる事が多いらしいから、動機が無い通り魔的な犯行や、赤の他人による金銭目的の犯行は犯人を見つける事が難しいらしいよね。防犯カメラとかに犯人が映ってたりしたら別なんだろうけど……」

桜木さんが溜息まじりに言った。

「私達の働いているビル、ちゃんと防犯カメラが一階の正面入口に設置してありますよね。あのカメラには映ってなかったんでしょうかね」

島崎さんが不思議そうに呟いた。

「あのビルは大きいだけあって、人の出入りがすごく多いし、それこそただトイレを借りにビルに入って来る人とかもいるだろうし、全員をチェックするのは難しいのかもね。それに犯人は正面ドアからじゃなく、裏口のドアから入って来たのかもしれないし」

桜木さんが答えた。

「ビルの裏口ドアって使った事ないですけど、もしかしたらそこには防犯カメラが無いのかもしれませんね……」

増田さんが残念そうに呟いた。

「という事は、渡辺さんが殺された事件もこのまま迷宮入りする可能性がありますね……」

島崎さんも無念そうに呟いた。

「このまま……もう、何も起こらなければね」

その桜木さんの言葉に、私達他の三人は「えっ？」と同時に返した。

「何も起こらなければって……どういう意味ですか」

私は恐る恐る聞き返した。

「渡辺さんが通り魔的な犯人に殺されたのだとしたら……その犯人が、また同じ事をしないとは言い切れないと思うんだよね。だって、トイレの中で人を殺すなんて相当変わってるよね。もしかしたら犯人はそういう特殊なフェチがあるのかもしれない。だとしたら、また同じ事件が起こるかも……」

「まさか、そんな……」

私は驚きのあまり言葉に詰まってしまった。

「で、でも、万が一、犯人がまた同じ事件を起こすとしても、もう私達のいるビルではやらないですよね。だって、警察に目を付けられている場所だし」

増田さんが焦ったように言った。

「それはそうかもしれないけど……。でも、百％無いとは言えないよね。だって事件からもう一ヶ月経ってるし、警察の監視の目も緩くなっている可能性があるし。まさか同じ場所で犯行を繰り返さないだろうっていう考えの隙をついてくる可能性もあるかもしれないし……」

桜木さんは淡々と言った。

私は忘れかけていた恐怖を思い出し、黙ってしまった。

増田さんも島崎さんも黙ってしまい、重苦しい沈黙がその場を支配した。

「私思うんですけど……人を殺した人って、その事を後悔したり、自責の念に駆られる事ってないんでしょうかね……。自分の手で人の命を奪ってしまった事に対して、何とも思わないんでしょうか……」

沈黙を破るように、島崎さんが呟いた。

「自責の念に駆られるような人だったら、初めから人なんて殺さないんじゃないかな……」

桜木さんは冷静に返した。

また、皆黙ってしまった。

静かな部屋の中で、マッサージは続けられていた。私はふと疑問に思った。マッサージをしてくれるエステティシャンの人達は、私達の話を聞いて何とも思わないのだろうか。

内心は動揺していても態度には出さないようにしているのだろうか。それとも、タイの人だから、あまり難しい日本語は分からないのだろうか……。

　エステティシャンの人達の気持ちは考えても分からなかったので、私は目を閉じて、自分の気持ちに向き合ってみた。

　もし、今の桜木さんの話が現実になったら……自分は、どうしたらいいのだろうか。

もしまた、あのビルで殺人事件が起こったら？　それでも、私はコールセンターで働き続けるのだろうか。バンコクで、暮らし続けるのだろうか。

　本当にそれでいいのだろうか。

　私はアロマの香りが漂う部屋の中でマッサージを受けながら、ここでこんな風に優雅に過ごしている事が、とんでもない間違いのような気がしてきてしまった。


　翌日の日曜日、目が覚めて携帯で時間を確認すると、朝の七時だった。

　休みの日に久しぶりに早起きしたな……。昨日、マッサージを受けたせいか、夜ぐっすり眠れたのが良かったのかもしれない。

　私はしばらくベッドの中でぼんやりとカーテンの隙間から射す朝の光と、聞こえてくる鳥の囀りを感じていたが、突然、思いついた。

　そうだ、今日はマンションの中にあるカフェで朝食を取ろうかな。あ、でも、もしかしたら今村さんに会っちゃうかな……。でもその時は別のテーブルで食べればいいか……。

　私はベッドから降りると、顔を洗ってワンピースに着替え、エレベーターで一階に降りて行った。

エントランスを通り抜け、カフェの中に足を踏み入れた途端、私はぎょっとして固まってしまった。

奥の席に、今村さんがいたからだった。正確にいうと、いたのは今村さんだけじゃなかった。マリアちゃんも一緒だった。

二人は向かい合って座っていて、今村さんは私に背を向けた状態で、マリアちゃんはこっちを向いていたが、今村さんとのおしゃべりに夢中なのか、私には気付いていないようだった。

昨日、一緒にマーケットで買い物をして、その後、飲みに行くといっていた二人が、翌日の朝の七時に、マンションのカフェで一緒に朝食を取っている。

その事の意味は、考えなくても分かった。マリアちゃんは昨日、今村さんの部屋に泊ったのだろう。

ふーん……。

付き合って一週間だって聞いてたけど、ずいぶん展開が早いな。でもお互い好きだったら、時間なんて関係ないか。別に二人の関係が進展しようと、しまいと、私には関係ないからどうでもいいけど。

私は二人に背を向けると、カフェから出て行った。

7

翌日の月曜日、電話受付中に私は急にお腹が痛くなって、まだ五分休憩の時間ではなかったけれど、トイレに行った。

今日のお昼は久しぶりに外の屋台に食べに行ったから、それが当たってしまったのかもしれない……。つくづく、自分の胃腸の弱さがうらめしかった。

急いでトイレに駆け込むと、空いている個室の中に入った。私は便座に座りながら、ぼんやりと思った。そういえばここのトイレ、久しぶりに使ったな……。渡辺さんが殺された事件の後、しばらくは封鎖されていたし、封鎖が解除された後も、なんだか怖くて別の階にあるトイレを使っていたし……。

そんな事を考えていると、個室の外から、誰かがトイレの中に入って来た音がした。そしてその後、音は何もしなくなった。何だかおかしい、と感じた。

トイレの中に入って来た音はしたのに、どうして個室の中に入って行く音がしないんだろう……。何のためにトイレに来たの？

そう思った瞬間、恐怖でぞくりとした。

マッサージに行った時、桜木さんが言っていた事を思い出したからだ。

渡辺さんの事件が特殊なフェチのある通り魔の犯行だとしたら、また同じ場所で同じ事をするかもしれない。

私は恐怖のあまり体が動かず、個室の中でじっとしていた。だけど、数分経っても、何も起こる気配がなかった。いつまでもトイレの中にいるわけにはいかない。さっきの音だって、私の聞き違いかもしれない。そう思って、思い切ってドアを開けて、個室の外に出た。念のため、ドアが開く音がしないように、そっと開けた。

外に出た途端、私はホッとした。

そこにいたのは、チームリーダーの須藤さんだった。

須藤さんは洗面所の大きな鏡の前に立って、じっと鏡を見つめていた。洗面台の上には、シルバーのバングルと、ジム・トンプソンっぽい象柄の化粧ポーチが置いてあった。たぶん、化粧直しをしていたのだろう。須藤さんは鏡越しに私に気付くと、振り返った。

「あら、流川さんじゃない。まだ五分休憩の時間じゃないわよね？」

「はい。急にお腹が痛くなっちゃって……」

「そう。だったら緊急事態だから仕方ないわね。早く戻ってね」

「分かりました」

須藤さんは手早く手を洗い、バングルをはめると、化粧ポーチを持って外に出て行った。

私は手を洗いながら、思わず溜息をついてしまった。

自分が、必要以上に敏感になり過ぎてしまっているといると思った。もっと冷静にならなきゃと反省した。

土曜日になって、私はまたアソーク駅で桜木さんの事を待っていた。今日も先週と同じようにチャトゥチャックウイークエンドマーケットに行く予定だった。まだ見ていないセクションがたくさんあるのでまた行きたいと桜木さんが言ったからだった。ちょうど待ち合わせの時間になると、通路の向こう側から桜木さんが歩いて来るのが見えた。

ん？　私は思わず目を疑ってしまった。

桜木さんの隣には、今村さんがいたからだった。

な、なんで今村さんが……？

訳が分からず動揺している私の前まで二人は来ると、桜木さんが、

「今村君もまたマーケットに行きたいんだって。この前はマリアちゃんの買い物に付き合ってたから自分の欲しい物が買えなかったみたいで」

「そうなんだよ。俺、新しいTシャツとデニムが欲しいんだよね」

「だから一緒に行く事になったの。いいよね？」

桜木さんが笑顔で言った。

嫌ですとも言えず、私は渋々頷いた。それから三人でBTSに乗りマーケットに向かった。

買い物は、私と桜木さんは一緒に、今村さんは別行動を取る事になり、お昼の十二時になったらまた時計台で待ち合わせる事になった。私と桜木さんはこの前は見れなかったセクションを回り色々なお店で買い物をした。タイは革細工でも有名らしく、革で出来たアクセサリーや、革のバッグを買ったりした。お昼になったので時計台で今村さんと待ち合わせ、桜木さんが「この前のパエリアの味が忘れられない」と言ったので、三人でまたパエリアを食べた。

「そういえば今日、マリアちゃんは？」

桜木さんが今村さんに聞くと、

「ああ……マリアちゃんは和食の店の仕事が土日は休みだから、本当は今日もデートに誘ったんだけど、断られちゃったんだよね。何か、用事があるらしくて。だからマーケットに来たんだ」

今村さんはしょんぼりした様子で言った。

断られちゃったんだ……。私は落ち込んでいる今村さんを見ながら、付き合い始めの段階でデートを断られたら、確かにかなりショックかもしれないと思い、少し同情した。

パエリアを食べ終わると、午後四時に時計台で待ち合わせる事にして、午後も買い物を続けた。

午後四時になって時計台で集合した時、桜木さんが聞いてきた。

「この後、どうする？」

「俺はもう帰ろうかな。買いたい物も買ったし」

今村さんは両手に大きな買い物袋を抱えながら満足げな笑みを浮かべた。

しかし、たくさん買ったもんだなぁ……。全部、自分の物なのかしら。私は今村さんの買い物の量に驚いてじっと見てしまった。

「良かったらこの後、カリプソに行かない？」

「カリプソ？」

桜木さんが言ったカリプソが分からず、私は聞き返したが、今村さんは知っていたらしく、「あー、カリプソね」と呟いた。

「カリプソっていうのは、バンコクにある老舗の劇場。そこでショーを見ない？」

「ショーって、何のショーですか？」

「まぁ、タイならではっていうか、要するにニューハーフショー」

「ニューハーフショー……」

ああ、そうだった、タイはそういう事でも有名な場所だったと私は思い出した。

「いいじゃん、俺、一度見てみたかったんだよね。行こうよ」

今村さんはかなり乗り気な様子だった。私もそういうのを一度見ておくのも社会勉強かなと思い、「私も見てみたいです」と言った。

「決まりね。それじゃ行こうか」

桜木さんは歩き出した。

「カリプソってどこにあったっけ」

私と一緒に桜木さんの後に続きながら今村さんが聞いた。

「アジアティーク・ザ・リバーフロントっていう名前の巨大ショッピングモールの中にあるの。ここはチャオプラヤー川のすぐ側にあるから、最寄りの駅はシーロム線のサパーンタクシン駅だけど、その後は無料のシャトルボートに乗って行くの」

「シーロム線？」私が聞き返すと、

「いつも私達が乗っているのはBTSのスクンビット線。BTSにはもう一つ、シーロム線っていうのがあるの」

「じゃあ、途中で乗り換えるんですか？」

「そう。途中でサイアム駅ってあったでしょ？　あの駅がスクンビット線とシーロム線、両方が乗り入れる所なの」

桜木さんの言う通り、BTSに乗ってサイアム駅で降りると、駅の三階部分のホームの三番線がシーロム線になっていた。私達はそこで乗り換え、サパーンタクシン駅に着くと、すぐ近くのシャトルボート乗り場まで歩いて行き、大勢の人と一緒にボートに乗り込んだ。

「うわー、気持ちいいな」

走り出したボートの中から川を眺めながら、今村さんが楽しそうに言った。

確かに川から吹いて来る風がとても気持ち良かった。無料でクルージングをしているみたいで、お得な気持ちになった。

ボートは走り続け、やがて日が落ちて、景色が夕闇に包まれた頃、

「ほら、あそこがアジアティーク・ザ・リバーフロント」

と桜木さんが指差した。

そこには輝く照明の光に包まれた街のようなところで、大きな観覧車が見えた。

まるで横浜みたいだなと思った。もっとも横浜は海の近くで、ここは川の近くだけれど。

乗り場に着き、私達はボートから降りると、カリプソに向かった。

「ここからカリプソまでどれぐらいですか?」私が桜木さんに聞くと、

「すぐ近くよ。歩いて五分くらい。でもショーが始まるのは七時半からでまだ早いから、その前にチケットだけ買っちゃって、ショッピングモールの中のレストランで夕食を取ろう」

「分かりました」

「今、思ったけどさ、チケットって当日でもちゃんと買えるの?　そもそも売り切れてたりはしないわけ?」

今村さんが不安そうに聞いた。

「当日券は売ってる。まだ早い時間だから売り切れてないと思うけど……。でも、もし売り切れてたらごめんね。私、思った事はすぐ実行したくなっちゃうんだよね。マーケットで買い物をしている時に急にカリプソに行きたいなって思いついちゃったから……」

桜木さんは申し訳なさそうに言った。

「大丈夫です。私達も来たくてついて来たんですから」

私がそう言うと、「まぁ、そうだけどさ……」と今村さんは呟いた。

チケット売り場に着くと、窓口まで桜木さんが行って、ホッとした顔で帰って来た。

「ちゃんと三人分買えたわ」

桜木さんは笑顔でそう言うと、私と今村さんにチケットを手渡した。

「チケットは二種類あってショーだけの物とディナー付きの物があったんだけど、ディナー付きは高かったから、ショーだけのにしたわ。じゃあ、今村君、チケット代の千二百バーツ、ちょうだい」

桜木さんは今村君に手を差し出した。

「えっ、俺だけ？　流川さんは？」

今村さんはぎょっとしたように桜木さんを見た。

「流川さんは私の奢り。いつも買い物に付き合って貰ってるから」

「え、いいですよ、桜木さん。私、自分の分はちゃんと払います」

私は慌てて言って、財布を取り出そうとすると、

「いつも付き合って貰ってるお礼だから」と桜木さんは私からお金を受け取る事をやんわりと拒否した。今村さんは渋々といった感じで桜木さんにお金を渡した。

自分の分を自分で払うなんて、あまり前じゃん……。私は今村さんの態度に呆れてしまった。マリアちゃんにプレゼントを買ってあげたり、食事を奢ったりして、お金が無いのかもしれないけれど……。

「千二百バーツもするなんて、カリプソって高いんだな……」

レストランに向かって歩いている途中、今村さんががっかりしたように呟くと、先を歩いていた桜木さんが振り向いて、

「でもショーのクオリティはすごく高いみたいよ。ブロードウエイに負けないぐらいにね。それぐらいのショーを鑑賞出来ると思ったら、千二百バーツは安いもんじゃない？」

「それはそうだけど……」

「それにしても、アジアティークって色々なお店があるわね。今度はここに買いにこようかな」

と、桜木さんは様々な色の照明に彩られたショッピングモールの店先を好奇心旺盛な目で眺めながら言った。

レストランに着くと三人でタイ料理を食べ、ショーの時間が近くなったので再びカリプソに向かった。


カリプソの劇場に着くと、入口から階段を昇り、ＴＨＥＡＴＥＲと英語で書かれた看板の付いた扉を開けてショーの会場に入った。

中に入った瞬間、驚いてしまった。

暗い会場の中は妖しい赤い色の照明に照らされて、全体が赤く染まっていた。会場の雰囲気はいかにも夜のニューハーフショーといった感じを醸し出していて、なんだか圧倒されると同時に、ワクワクした気持ちが込み上げてきた。

会場は一番奥の中央に幕が下ろされた状態のステージがあり、その前に観客席の椅子と丸テーブルが並べられているが、その位置が後に行くにつれ、階段のように段々と高くなっ

ていた。その形態は看板の名の通り、本当に映画館のようだった
会場の席にすでに座っている客を見渡すと、様々な人種の人達がいた。アジア系が多かったが、白人もかなりいた。

私達はチケット番号の席に私、桜木さん、今村さんの順に並んで座った。大体、会場の真ん中あたりの位置だった。

「始まる前にドリンクを頼んじゃおうか。チケット一枚にワンドリンクが無料で付いてくるみたいだから」

桜木さんがチケットを見ながら言った。確かにチケットを見るとドリンクの名前が一覧になって載っていた。

桜木さんはタイウイスキー、私はジントニック、今村さんはビールにした。

側を通りかかったウエイターに注文し、三人分のドリンクが丸テーブルに置かれると、

「じゃあ、ショーの夜に乾杯」

桜木さんがグラスを持って笑顔で言った。私達はグラスを合わせて乾杯した。

ジントニックを一口飲むと、けっこうアルコールが強めに感じたが、美味しかった。

その時、突然、男性の大きな声が会場に響き渡った。

「レディースアンドジェントルマン！」

その声と同時にステージの幕が開き、ショーが始まった。

ショーの内容は客層に合わせて誰にでも楽しんで貰えるように構成してあるのか、韓国風の衣装を着た人達がダンスに合わせてKポップを歌ったり、マリリン・モンローの衣装を着た人が英語の歌を歌ったりした。そして極め付けは着物を着た人が、なんと美空ひば

りの『川の流れのように』を歌った事だった。びっくりしたが、確かに日本人なら誰でも知っている歌かもしれない。それより驚いたのはどの人もとても歌が上手く、ダンスもとても上手なだけじゃなく、信じられないぐらい、綺麗だった事だ。

顔が綺麗なだけじゃなく、とにかくスタイルがいい。とても痩せているのにメリハリのある体は、ニューハーフなので一部作られた物なのだろうけれど、日々の努力の賜物のように見えた。

なんだか女である自分の方が明らかに努力を怠っている事が恥ずかしくなってきてしまった。もちろんステージの上の人達は皆プロなので比べるのがおかしいのかもしれないけれど……。

ショーも中盤になってきた頃、急に今村さんが席から立ち上がった。

「どうしたの？」

隣の席の桜木さんが聞くと、

「……なんか、腹の調子が悪くて……さっきのタイ料理があたったのかも……ちょっと、トイレに行ってくる」

今村さんは具合が悪そうに顔をしかめながら、歩いて行った。

「今村君って、意外と胃腸が弱いのね……」

「そうですね……」

私と桜木さんは今村さんが扉を開けて会場の外に出て行くのを見届けると、再び、ステージ上に視線を移した。

ステージに赤いロングドレスを着た人が出て来て、センターに立った。その後、ステージの両端からたくさんの人達が出て来て、その人のバックに並んだ。そして、センターの人が歌い始めると同時に、バックの人達は一糸乱れぬ踊りを披露し始めた。歌っている人も綺麗だったけれど、バックダンサーの人達は年齢が若い人が揃っているらしく、溌剌としていて、一生懸命な様子が素敵だった。

ん……？

私はバックダンサーの内の一人に目が釘付けになった。

あれは……あの人は……。まさか、そんな……。

私は思わず隣の席にいる桜木さんを見た。桜木さんも、私を見た。

「桜木さん……あの、ステージで踊っている人って……まさか」

「そっくりよね……間違いないと思う……」

「……」

私と桜木さんは言葉を失ってしまい、呆然とステージを見つめた。

その時、ふいに後から今村さんの声がした。

「いや～、まいったまいった。急に腹壊すなんてさ。ただいま～」

私と桜木さんは同時に席から立ち上がると、手を伸ばし、今村さんの両目を塞いで、叫んだ。

「見ちゃ駄目！」

今村さんは私達に両目を塞がれたまま、立ち尽くした。

私は一瞬、間に合ったかも、と思ったが、

「……マリアちゃん？」

今村さんは、ポツリと呟いた。

8

私はパソコンの『切断』のボタンを押すと、ヘッドセットを外して、溜息をついた。

「流川さん、どうしたの？　お昼休憩の時間でしょ？」

いつまでも席に座ったままの私を見て、後を歩いていたチームリーダーの須藤さんが声を掛けて来た。

「は、はい。行ってきます」

私は慌てて席を立つと、部屋から出て行った。

エレベーターの前まで来た時、つい周囲をキョロキョロと見回してしまった。偶然、お昼休憩の時間が今村さんと同じだったらどうしようと警戒してしまったのだ。

だけど誰も来る気配はなく、私は安心してエレベーターに乗り込んだ。

いつものようにターミナル21のフードコートに向かったが、なんだか嫌な予感がした。

もし、今村さんが先に来ていて、バッタリ会ったらどうしよう……。

そう思うと憂鬱な気持ちになり、五階のフードコートに行く気にならず、ちょっと値段は高いが四階にあるレストラン街に行く事にした。

レストラン街の中の和食店に入り、席に座った途端、立ち上がってしまった。

奥の席に、今村さんが座っていたのだ。しかも立ち上がった瞬間、バッチリ目が合ってしまった。会わないように慎重に行動していたのに、その行動が裏目に出てしまった事に、私は内心、がっかりした。

「流川さん、一緒に食べようよ」

今村さんが気軽に声を掛けてきた。こうなったら以上、断るのは不自然だ。私は腹をくくって今村さんのいるテーブルに行き、向いの席に座った。

「何にする？　俺は肉じゃが定食にしようと思うんだけど」

今村さんはメニュー表を私に見せて、言った。

「じゃあ……私は、焼きサバ定食にします」

テーブルにウエイトレスを呼んで注文した後、

「流川さんって魚が好きだよね。皆でフードコートで食べた時もよく魚料理を食べてたし」

「そうですね。肉より魚の方が好きです」

「ふーん。俺は断然、魚より肉派だけどね。まぁ、人それぞれだよね」

今村さんはグラスを手に取ってお冷を飲んだ。

そんな普段といたって変わらない様子の今村さんを見て、私はなんだか拍子抜けしてしまった。落ち込んでいる今村さんを見たくなくて、会わないように避けていたけれど、今村さんは別に何も気にしていないのだろうか。

マリアちゃんがたとえニューハーフでも、好きだったら関係ないと思っているのだろうか……。

今村さんはグラスをテーブルに置くと、俯いて、

「……俺、昨日、マリアちゃんに電話したんだ」

「え……」

「お別れしようって……言ったんだ」

「……」

「色々考えたんだけど……やっぱり、俺には無理だって思って」

「……」

「最低だよな、俺。本当に好きだったら性別なんて気にせず付き合えばいいのに、マリアちゃんがニューハーフだって分かった途端、別れるなんてさ」

今村さんは俯いたまま、言った。

私は今村さんが泣いているような気がして、思わず口にした。

「そんな事ないですよ……。今村さんは元々、異性が好きなんだし、同性を好きになる事が出来ないのは当たり前ですよ。それは逆でも同じじゃないですか？　同性を好きな人に努力して異性を好きになれって言ってもきっと無理だと思うんですよ。だから、仕方なかったんですよ……」

私はつい今村さんを励ますような事を言ってしまった。

今村さんは顔を上げて、

「ありがとう……。そう言って貰えると、ちょと心が軽くなるよ……」

「いえ……お礼を言われるほどじゃ」

「でもよくよく考えるとさ、確かにおかしいなって感じるところはあったんだよね。以前、マリアちゃんが俺の部屋に泊りに来た事があったんだけど、まだその気になれないって断られちゃったんだよね。じゃあ何で泊りに来たんだろうって不思議だったんだけど、今思うと、俺に本当の事を打ち明ける勇気が無かったのかなって……」

「……」

私は今村さんとマリアちゃんがマンションのカフェで朝食を取っていた時の事を思い出していた。あの時の事か……。

今村さんは大きく溜息をついた。

「でもさ、俺、本当にマリアちゃんの事が好きだったんだよ。その気持ちに嘘はなかったんだよ。だってあんなに可愛いし、何よりすごく良い子だったからさ……」

「……そうですね」

私はマリアちゃんの事を思い出していた。明るくて、いつも笑顔で、今村さんに安いペンダントをプレゼントされた時、自分にとっては世界一のペンダントだと言っていたマリアちゃんの事を。

「……マリアちゃんって、普通の女の子よりずっと女の子らしかったですよね」

私がそう漏らすと、今村さんは私をじっと見つめて、

「……俺も、そう思う」

と、呟いた。


仕事が終わり、マンションの自分の部屋に帰ると、私はなんだかすごく疲れた気持ちになってしまい、ベッドに腰掛けた。

今村さんが思ってたより元気だったのは良かったけれど、マリアちゃんの気持ちを思うと、なんだかいたたまれなかった。

仕方のない事なんだと、割り切るしかないんだろうけれど……。

その時、携帯が鳴った。

私はバッグから携帯を取り出した。表示された名前を見ると桜木さんだった。

「もしもし?」

私が携帯に出ると、

「今、テレビ、見てる?」

と、桜木さんの強張った声が聞こえてきた。

「いえ……見てませんけど」

「すぐに見て。NHKワールド」

「……」

どうしてですかと理由を聞こうと思ったが、桜木さんの声があまりにも切羽詰まった感じだったので、私は携帯をベッドに置くと、立ち上がってリモコンを手に取って、テレビを付けた。

NHKワールドが映り、画面に出ているアナウンサーがニュースを伝えていた。

「……倒れているところを発見されました。警察は、夜道で、何者かに刃物のような物で刺されて、殺害されたとみています」

殺害された?　誰が?

私はぼんやりとアナウンサーの左上に出ている写真に視線を移した。

アナウンサーと同時に画面に映っていたその写真は、本当は初めから見えていたのかもしれない。だけど、無意識に、そこから視線を逸らしていた。

それは、マリアちゃんの笑顔の写真だった。

第四章

過去の事件

1

私はテレビ画面をぼんやりと見つめ続けた。

その写真のマリアちゃんは女性の姿だったけれど、金髪ではなく、長い黒髪だった。写真の下には、黒川マリアさん（25）と書いてあった。

マリアちゃんって元々は黒髪なんだ。よく考えたら日本とタイのハーフなんだから、あたり前だけど、あまりにも金髪が似合っていたから、地毛のように感じていた。いや、違う。そんな事はどうでもいい。もっと別に、考えなければいけない事があるはずだ。もっと大きな、重要な事。

マリアちゃんが死んだ。

殺された——。

そう思った瞬間、体中の力が抜けるのを感じて、気が付いたら私は床に座り込んでいた。

「流川さん、今から一緒に事務所に行って」

電話受付をしていて、電話が終わってから『切断』のボタンを押した瞬間、後から肩を叩かれて振り向いたら、チームリーダーの須藤さんにそう言われた。

「事務所……どうしてですか」

「いいから来て」

「……」

須藤さんと二人で事務所の中に入ると、以前話したバンコク警察の男性二人と、通訳の女性がいた。それだけじゃなく、今村さんもいた。

今村さん、今日は出社していたんだ。今村さんは先週の火曜日から金曜日までずっと会社を休んでいた。

「今村さん……どうしたんですか」

私が思わず聞くと、

「俺も……呼ばれたんだ」

「……」

「バンコク警察の方が私と流川さんと今村さんに話があるらしいの」

須藤さんが説明した。

「それでは座って話しましょうか」

通訳の女性が言って、皆、部屋のソファーに座った。私と須藤さんと今村さんが並んで座って、向かいには警察と通訳の人が座った。

「お茶でも入れてきましょうか」

須藤さんが言うと、

「大丈夫です」と通訳の女性はやんわりと断った後、話し始めた。

「さっそくですが、先週の月曜日、黒川マリアさんという日本人の方がバンコクで何者かに刺されて殺されたと報道された事件はご存じですか」

「はい……知っています」

私が返事をすると、隣にいる今村さんは声を出さずにただ頷いた。そんな今村さんの様子を見て、やっぱりマリアちゃんが殺された事に相当ショックを受けているんだと感じた。その気持ちは痛いほど分かった。私だって会社を休みたくなったぐらいだから。

通訳の女性は続けて、

「黒川マリアさんはダンサーになるのが夢で、昼間は和食店で働きながら夜はダンスのレッスンに励んでいたみたいです。夢が叶って、つい最近、舞台デビューしたらしいです。黒川マリアさんが殺されたのは、日曜日のレッスンの帰り道だったようです」

つい最近、舞台デビューした……。もしかしたら私と桜木さんと今村さんで見に行ったカリプソの舞台がそうだったのかもしれない。

それにしても、てっきり私が事務所に呼ばれたのは、この前の渡辺加奈子さんがトイレで殺された事件についてだと思ったのに、マリアちゃんの事件だったのか。

今村さんはマリアちゃんと付き合ってたから事情聴取に呼ばれるのは分かるけど、何故私も呼ばれたんだろう。

今回のマリアちゃんが殺された事件は、渡辺加奈子さんの事件と関係ないはずなのに。関係ない……はずだよね。

通訳の女性は話を続けた。

「実は……黒川マリアさんと、以前、このビルのトイレで殺された渡辺加奈子さんには、共通点があったんです」

「共通点……？」

私が思わず聞き返すと、

「はい。黒川マリアさんも、以前、ひまわり通販のコールセンターで働いていた事が分かったんです」

「……」

「しかも黒川マリアさんも渡辺加奈子さんも、二年前に、今はもうありませんが、日本の愛知県の名古屋市にあったひまわり通販のコールセンターに勤めていたんです」

2

「じゃあ、二人は以前、ひまわり通販の同じコールセンターで働いていた同僚だったんだ」

携帯の向こうで、桜木さんが言った。

「そうなんです」

私はマンションの部屋の椅子に座って、言った。警察からこの話を聞いてから、仕事中もうわの空になってしまい、とにかく早く誰かに話したかった。自分一人で考えていても何も分からなかったからだ。

「あと、マリアちゃんは二年前にコールセンターにいた頃、まだ男性だったみたいです。名前も違っていて、黒川亮二って名前だったみたいです」

「ああ……元の本名はそうなんだろうね。マリアちゃん、去年、タイに来たって言ってたから、その頃に手術を受けて、日本で性別と名前の変更手続きもしたのかもしれないね」

「そうですね……」

「警察が今村さんを呼んだのはマリアちゃんと付き合ってたからだと思うけど、今村さんはマリアちゃんが殺された事に何か心当たりがあるとか言ってた？」

「いえ……今村さんは何も分からないと言っていました」

「そう……。流川さんと須藤さんが呼ばれたのは二人とも渡辺さんの第一発見者のようなものだからだろうね」

「そうですね。でも、私も須藤さんも何も分からないので……。警察には犯人について何か気付いた事があったらすぐに連絡して欲しいと言われましたけど」

「そっか……。それにしても……渡辺さんとマリアちゃんが同僚だったって事は……犯人も同じコールセンターで働いていた人なのかしら」

「その可能性は私も考えました。当時、そのコールセンターで何かトラブルでもあったのかなって……」

「そして犯人は、今、バンコクに住んでいるのかもね。もしかしたら、私達の働いているコールセンターの中にいるのかも……」

「え……まさか……そんな事、あるわけないじゃないですか」

桜木さんの言葉にぞっとしてしまい、私はつい声を潜めてしまった。他に誰か聞いているわけでもないのに。

「いや、ありえない話じゃないでしょ。むしろ可能性は高くない？　マリアちゃんも渡辺さんもバンコクで殺されたんだから、たぶん、犯人もバンコクにいるよね。バンコクに住むためには就労ビザがいるんだから、コールセンターに勤めるのがてっとり早いよね」

「でも、別にコールセンタンターに勤めなくてもバンコクに住む方法はありますよね」

「まぁ、それはそうだけど……でもうちのコールセンターって合格率が高いし」

「それにコールセンターにいたら、渡辺さんに気付かれますよね。犯人が同じ職場の人だった場合、顔が分かるじゃないですか」

「ああ、そっか……。そう考えると犯人は職場の人じゃないのかしら。じゃあ、もしかしたら客なのかな……」

「客？」

「当時、コールセンターの客との間で何かトラブルがあって、その事を恨みに思っている客が、マリアちゃんと渡辺さんを殺したとか……」

「その可能性は、あるかもしれませんね……。でも、それだと、二人も殺した理由が分かりませんよね。コールセンターは一対一でしか話さないのに」

「立て続けに電話してきて、たまたまマリアちゃんと渡辺さんと話した可能性もあるよね」

「ああ……なるほど」

　私と桜木さんの推理はそこで途切れてしまった。

　犯人が客だとしたら、あまりにも膨大な数がいるし、そもそも二年前に名古屋のコールセンターで起こった客とのトラブルなんて、私も桜木さんも知りようがない。そのコールセンター自体、今はもう無いらしいし……。

　そう思った瞬間、ふいに記憶が蘇った。

　客との、トラブル……。

「桜木さん……私、思い出しました」

「思い出した？　何を？」

「研修初日に、佐野さんから聞いたんですけど」

「佐野さん？　ああ、Ａチームの人ね」

「はい。私、佐野さんに電話受付の研修を受けたんです。その初日に、佐野さんが言ってたんです。以前、客とのトラブルで、大変な事があったって……」

「大変な事……」

「はい。その話を聞いた時はてっきりバンコクのコールセンターで起こった事だと思ってたんですけど、もしかしたら佐野さんは昔、日本のひまわり通販のコールセンターで起こった事を話していたのかもしれません」

「その可能性はあるかも……その大変な事って、内容は？」

「詳しくは聞いてないんです」

「そう。じゃあ、佐野さんにその事を聞いてみる必要があるわね」

「はい」

私は大きく頷いた。一刻も早く、犯人を見つけたいという気持ちになっていた。それは、このまま犯人が野放しになったままだと怖くてしょうがないというのもあったけれど、それよりもマリアちゃんを殺した犯人が許せなくて、どうしても捕まえたいと思っていた。

3

「本当に奢ってくれるの？　なんか悪いわねー」

佐野さんは満面の笑顔でメニュー表を開いた。

「はい。何でも好きな物をどうぞ」

桜木さんは向かいの席に座っている佐野さんにニッコリと笑顔で頷いた。

第四章　過去の事件

私と今村さんと増田さんと島崎さんも、頷いた。

桜木さんと電話で話した翌日、佐野さんと話をするため仕事が終わった後、皆で佐野さんを待ち伏せした。お昼休憩は皆バラバラなので、ランチの時に話すのは無理だったからだ。

ご飯を奢った方がスムーズに話を聞きだせると提案したのは桜木さんだった。それで、ターミナル21の安いフードコートではなく、この前今村さんと食べた和食店に来たのだった。

「じゃあ、私、金目鯛の煮付け定食にしようかな」

佐野さんが注文を決め、他の皆もそれぞれ好きな物を注文した。私はメニュー表を壁際に立て掛ける前に、金目鯛の煮付けの値段を確認した。

え？　は、八百バーツ？　という事は日本円で約二千四百円？　金目鯛の煮付けってそんなに高いの？　知らなかった……。バンコクにある和食店は日本の店よりも割高ではあるんだろうけど……。まぁ、佐野さんの分は皆で割り勘するんだろうから大丈夫か……。

料理が来るのを待っている間、さりげなく桜木さんが話を切り出した。

「そういえば佐野さん、流川さんから聞いたんだけど、以前、コールセンターでけっこう大きなトラブルがあったんだって？」

「え？　トラブル？　それはしょっちゅうあるわよ。コールセンターなんて、客のクレームとの戦いみたいなもんじゃない」

佐野さんは笑いながら返した。

「それはそうだけど、流川さんが電話受付の研修初日に聞いたのは、かなり深刻そうなトラブルみたいだったんだけど……」

「研修初日……？」

佐野さんはすっかり忘れているようだった。私は身を乗り出した。

「佐野さん、私に言ったじゃないですか。住所を二つ、自宅と職場を登録しているお客様がいて、そのお客様がネックレスを買って、職場の住所に送って欲しいって言った時、もし間違えて自宅の住所に送ったら旦那さんとすごいトラブルになっちゃうねって話してた時に。以前、すごい大変な事があったって……」

「……あ、ああ」

佐野さんは私との会話を思い出したようで、目をパチパチと瞬いた。

「その大変な事って、どんな事だったんですか？」

畳み掛けるように私が聞くと、

「でもね……その話は、私も噂で聞いただけなんだよね……。だから勝手に噂話を広めちゃっていいのかなって思うし……」

そう言いながら佐野さんは壁際に立て掛けてあるメニュー表をチラリと見た。

すると桜木さんが、

「このお店って、和風デザートもあるのよ。あんみつとか、わらび餅パフェとか。良かったら、デザートも頼んでよ、佐野さん。もちろん私達が奢るから」

と笑顔で勧めた。

「え、そう……？　別にそんなにお腹空いてないんだけど、そんなに勧めてくれるんだったら、頼もうかな」

「どうぞ」

桜木さんはメニュー表を取ると佐野さんに手渡した。佐野さんはデザートの欄をじっと見た後、食後のデザートとしてクリームあんみつを注文した。

「それで……その噂話って？」

桜木さんが私の代わりに改めて聞くと、佐野さんはちょっと考え込んだ後、口を開いた。

「あのね、二年前ぐらいに、名古屋のコールセンターで起こった事らしいんだけど……」

二年前。名古屋のコールセンター。その言葉に私の鼓動は早まった。

佐野さんは一回、言葉を切った後、お冷を飲んでまた話し始めた。

「……そこで派遣社員として働いていた、当時、二十歳ぐらいの女子大生がね、とんでもない失敗をしちゃったのよ」

私も、他の皆もじっと佐野さんの話に耳を傾けていた。

「その女子大生が受けた電話は、お客様本人からの電話じゃなくて、お客様の旦那さんからだったんだけど、ほら、ひまわり通販のコールセンターでは本人以外からの電話の問い合わせにはいっさい答えちゃいけないって規則で決まってるでしょ？　たとえ家族でもね。でも、その女子大生は、答えちゃったんだよね……」

「どういう問い合わせだったんですか……？」私が聞くと、

「妻がひまわり通販で注文した商品が届いたけれど、妻は出産のため実家に里帰りしているから、荷物を送るために、妻の実家の住所を教えて欲しいって内容だったらしいの」

「え……？　旦那さんなのに奥さんの実家の住所を知らなかったんですか？」

「その時点でおかしいって思うわよね。電話を受けた女子大生もさすがに不審に感じたらしいんだけど、その旦那は、妻は子供の頃から両親と折り合いが悪くて、結婚してから一度も実家に帰って無かったから、自分は妻の実家の住所を知らないって言ったらしいの。まぁ、確かにそう言われれば、自分の親と仲が悪い人もいるから、そういう事もあるかもしれないなって女子大生は思っちゃったらしいのよね。まぁ、それでも里帰りした時に住所は確認しておくんじゃないのかなと思って、そう言ったら、実家の電話番号だけ聞いてるって言ったらしいの」

「……」

「その旦那は、妻は子供が出来たのをきっかけに親と仲直りして今は里帰りしていて、ひまわり通販で注文した荷物は、生まれて来る子供のためのベビー服だから、すぐに送ってあげたいからどうしても住所を教えて欲しいって言ったらしいの」

「でも、住所を知りたいなら、奥さんに電話して聞けばいいじゃないですか」

「女子大生もそう言ったらしいのよ。そうしたらその旦那は、妻に電話が繋がらない、もしかしたら携帯が壊れたのかもしれない、実家の電話も皆出掛けているのか、誰も出ないいって言ったらしいの。でも今すぐ荷物を送ってあげたいから、ひまわり通販なら実家の住所を登録してるんじゃないかと思って電話したって」

「……それで、住所は、登録してあったんですか？」

「実家かどうかは分からなかったけど、確かに住所は二つ登録してあったらしいの。長野市の住所と、あと一つ、東京の住所。旦那は長野市以外の住所を教えて欲しいって言ったから、じゃあ東京の方か、と女子大生は思ったらしいのね」

「それで、教えてしまったって事ですか」

「いや、初めはね、やっぱり女子大生も教える事は抵抗したらしいのよ。だってマニュアルでたとえ家族でも問い合わせには答えちゃいけないって決まってるからね。そうしたら、その旦那がすごい勢いで怒り出しちゃったらしくて、そもそも、この荷物は妻は実家に送るように依頼したはずなのに、こっちに来たって事はひまわり通販が配送先を間違えたからじゃないかって。そっちのミスじゃないかって。そう言われて、女子大生が過去の履歴を調べてみると、確かに一週間前にベビー服やスタイの注文があって、その配送先は東京になってたらしいの。それで女子大生は、ひまわり通販のミスなんだって思って、慌てちゃったらしくて、旦那に東京の住所を教えちゃったらしいのね。でも、それで大変な事になったの……」

ここまで話して、佐野さんはまた水を飲んだ。

「その大変な事っていうのは？」

桜木さんが待ちきれないように聞いた。佐野さんは桜木さんをじっと見つめると、

「……死んじゃったんだよね」

と、言った。

「死んだって、誰が……」

「その旦那の奥さんが。教えて貰った住所に押しかけて行った旦那が、殺しちゃったの」

その場が、シンと静まり返った。

「要するに、奥さんが出産のために実家に帰ってるなんて嘘だったんだよね。奥さんはずっとその旦那にＤＶを受けていて、まだ生まれたばかりの赤ちゃんを抱えて、東京にあるＤＶ被害者のためのシェルターになっているマンションに避難していたの。わざわざ東京ま

で来たのは出来るだけ旦那のいる場所から離れたかったみたいで。旦那は、どうしても奥さんのいる場所を突き止めたくて、ひまわり通販に電話してきたみたい」

「じゃあ、ひまわり通販が奥さんが注文した荷物を間違えて東京じゃなくて長野に送ってしまった事がきっかけで、電話してきたって事？」

「ううん、奥さんが注文した荷物はちゃんと東京に届いていたらしいの。つまり、旦那は届いてもいない荷物を、届いたみたいに装って、ひまわり通販に電話したみたい。奥さんが前からひまわり通販を利用していた事を知っていて、もしかしたら着の身着のまま赤ちゃんと一緒に出て行ったから、赤ちゃんのための服をひまわり通販で買ったかもしれないと思って、一か八かで電話してきたみたい。それが見事に当たっちゃって、悲劇が起っちゃったのよね……。その事件の後すぐ、名古屋のコールセンターは閉鎖されたらしいけど」

「その事件のせいで？」

「それは違うみたい。ネットの普及のせいで、ひまわり通販のコールセンターはどんどん減っていて、名古屋のコールセンターも事件が起こる前から閉鎖が決まってたみたいで、たまたま時期が重なっただけみたいよ。あ、食事が来た」

佐野さんは深刻そうな表情から一転して、笑顔になった。皆の前に注文した料理が並べられ、佐野さんは金目鯛の煮付けを美味しそうに食べ始めたが、私も、他の皆も箸が進まなかった。

そんな雰囲気の中、桜木さんが佐野さんに聞いた。

「その殺されちゃった奥さんと、電話受付をしていた女子大生の名前は何ていうの？」

「知らない」

佐野さんは口をもぐもぐさせて一旦、食べ物を飲み込んでから言った。

「知らない？」

「だって私はあくまでも噂話で聞いただけだから。詳しい事は分からないのよ……。私が聞いた話だと、殺された奥さんは確か年齢は三十代半ばぐらいだったらしいけどね……。もしもっと詳しい事を知りたいなら、倉本さんに聞いたら？」

「倉本さん？　ああ、Ｄチームのチームリーダーの」

「そう。あの人は、私達みたいなダブルコミュニケーションの契約社員じゃなくて、ひまわり通販の正社員だから。けっこう長いみたいで、バンコクのコールセンターに来る前から、ひまわり通販の全国にあるコールセンターを転々としていたみたいだから、きっと名古屋のコールセンターで起こった事件の事も知っているはずよ」

そう言った後、佐野さんは再び金目鯛の煮付けを食べ始めた。

4

食事とデザートを食べ終わり、早々と佐野さんが帰って行った後も、私達は食後の緑茶を飲みながら、話を続けた。桜木さんは湯呑みを置くと、

「名前が分からないから、殺された奥さんを仮にＡさんと呼ぶけど、もし、渡辺さんとマリアちゃんを殺した犯人が、Ａさんが旦那に殺された事を怨みに思っている人物だとしたら、ちょっと変よね……。だって、怨みに思うなら相手は殺した旦那か、電話を受けた当

時二十歳ぐらいの女子大生じゃない？　マリアちゃんがその女子大生の可能性はあるけど、何で渡辺さんとマリアちゃんの二人を殺したのかしら……」

「そうですよね……。それは私もおかしいと思いました」

私は桜木さんの言葉に頷いた。

「……もしかしたら、犯人は、当時、名古屋のコールセンターに勤めていた人全員を怨んでいて、皆殺しにしてやろうと思ってるんじゃないかしら。女子大生のミスを全体責任として捉えていて、一蓮托生みたいな感じで」

と、いきなり増田さんが怖い説を唱えた。

「ちょっと、やめて下さいよ、増田さん……。いくら何でもそんな事する人なんていないですよ。そんな事するのは、頭のおかしい人だけですよ」

島崎さんは恐怖心からなのか、顔をしかめながら言った。

「でも、人を殺したいほど怨んで、本当に殺しちゃう人間なんて、どこか頭がおかしくなっちゃった人間なんじゃないの」

今村さんがさらりと口にした。

私はその言葉を、ぼんやりと聞いていた。

人を、殺したいほど怨む人間なんて、頭がおかしい。

ヒトトシテ、オカシイ――。

「……どうしたの？　流川さん」

「え？」

桜木さんの声がして、私は思わず横を向いた。隣に座っている桜木さんが、じっと私を見つめていた。

「顔色が、すごく悪いけど……体調でも悪いの？」

「……いいえ、大丈夫です」

　確かになんだか頭痛がしていたけれど、私は精一杯、笑顔を作った。

「そう、だったらいいけど……。とりあえず、犯人がどうして二人を殺したのかは置いといて、犯人はAさんが殺された事を怨んでいる人間だとしたら、やっぱりAさんの身内の可能性が高いわよね……」

「私もそう思います。やっぱり殺したいほど怨むっていうと、他人じゃなくて身内ですよ。Aさんの親とか、可能性が高いと思います」

　増田さんが同意した。

「確かに親かもな。兄弟って線もあるけど、親よりは可能性が低いよな。もっとも世の中には親子と同じぐらい強い絆がある兄弟もいるかもしれないけど……」

　今村さんが言った。

「あと、恋人って可能性もあるんじゃないですか」

　ずっと黙っていた島崎さんが言った。

「恋人？　Aさんの？　でも、旦那からDVを受けていたのに、恋人を作る余裕なんてあったかしら……」

　桜木さんが疑問を口にした。

「でも、そういう状況だったからこそ、誰かに救いを求めていた可能性はありますよね。恋人が出来たから、旦那の元を出て行ったのかもしれないし」

「なるほど……。言われてみれば確かに……。Aさんは三十代半ばだったっていうし、恋人が出来てもおかしくない年齢だしね」

島崎さんの意見に桜木さんは頷いた。

「恋人だったら、殺したいほど怨む気持ちになるのも分かりますね。そうすると、犯人はAさんの親か、恋人、なんですかね……」

増田さんが考え込んだ表情で呟いた。

「Aさんの親って、いくつぐらいかしらね」桜木さんが言うと、

「年齢ですか？　Aさんが三十代半ばなら、一般的に考えると六十歳から七十歳ぐらいじゃないですか。親が二十代半ばから三十代半ばの間に結婚して、Aさんを産んだとしたら。もちろん、十代で出産する人や四十歳過ぎてからの人もいるから、一概には言えないですけど……」

増田さんが返した。

「普通に考えればそれぐらいだろうね。Aさんに恋人がいたとしたら、その人は何歳ぐらいだと思う？」

「恋人の場合、ちょっと年齢が特定出来ないですよね……。経済的安定を求めるなら、年上でしょうけど、でも年下の若い男性の情熱にほだされた可能性もありますからね……」

と、桜木さんの質問に増田さんは妙にリアルティのある答え方をした。

桜木さんは溜息をつくと、

「ここで私達が色々考えても、これ以上は埒が明かないわね。やっぱり倉本さんに話を聞くしかないわね。倉本さんとは休憩時間に喫煙所でよく会うから、明日にでも話してみる。

「じゃあ、お会計にしようか」

　桜木さんはレシートを持つと、席から立ち上がった。


　皆でアソーク駅まで歩き、私と今村さんと増田さんは同じマンションで、ＭＲＴを使うので、アソーク駅の改札前で桜木さんと島崎さんと別れた。

　改札前で桜木さんと島崎さんを見送りながら、

「そういえば聞いた事なかったけど、あの二人って、どこのマンションに住んでるんでしょうね」と、増田さんが呟いた。

　増田さんの言葉に、私も知らなかった事に気付いた。すると今村さんが、

「確か、島崎さんはアソーク駅からけっこう離れた場所だったはずだよ。別々のマンションだったと思うけど、家賃は安いのにジムやプールが付いているすごくお得なマンションだって、二人とも言ってたよ」

「二人はバンコクに来る前に物件を決めてたって言ってたから、きっと色々調べて決めたんでしょうね。二人とも、しっかりしてそうですもんね。じゃあ、帰りましょうか」

　増田さんは歩き出した。

「あ、悪いけど……二人で帰ってくれる？　俺、今日は一人で飲みに行こうと思ってるから……」

　今村さんはそう申し訳なさそうに言うと、私達に背を向けて駅の階段を降りて行った。私と増田さんはなんとなく、今村さんの姿が見えなくなるまで見送った。

　それから二人でＭＲＴに乗って、

「今村さん、大丈夫かな……。一人で飲みに行くなんて……。夜のバンコクはそんなに治安が良いとは思えないですけど」

私が心配になってきて言うと、

「でも、飲まずにはいられない気分なのかもしれませんね……マリアちゃんの事で……」

と、増田さんはしんみりとした口調で言った。

「そうですね……でも、ちょっと意外な気がするんですよね。今村さんがあんなに落ち込むなんて」

「意外？　どうして？」

「だって、今村さんとマリアちゃんはもう別れてたんですよ。しかも今村さんから別れを切り出したのに……」

増田さんは私をじっと見た後、

「……だからこそ、かもしれませんね」

「え？」

「今村さんはマリアちゃんと別れてしまった後だから、逆にマリアちゃんの死に責任を感じているのかもしれません。別れずに自分が側にいてあげたら、もしかしたらマリアちゃんは死なずに済んだかもしれないと思ってるのかもしれません」

「……」

そうか……。今村さんは自分が別れを告げたから、その結果、マリアちゃんが死んでしまったかもしれないと思って落ち込んでいるのか……。

自分が手を、離してしまったから……。

「それにしても、流川さんと一緒に帰るなんて初めてですね」

増田さんが笑顔で言った。

「そうですね。電話受付は五時で終わるけど、それぞれ業務の後処理の残業があって、帰るのはいつもバラバラですもんね……」

「私、パソコンの作業が遅くて大体いつも最後まで残ってるんです」

「え、そうなんですか？　あんなに広い部屋に一人でいるなんて嫌ですよね……」

「あ、チームリーダーの須藤さんが最後まで付いていてくれます。付いている義務は別に無いみたいなんですけど、心配になるみたいで。でも、仕事は大変だけどやりがいがあります。私、今までアルバイトぐらいしかした事がないので」

「へぇ……」

「ずっと専業主婦でしたからね。実は私、バツイチなんです。子供はいないんですけど」

「え、そうなんですか」

増田さんがバツイチだなんて、驚いてしまった。でも雰囲気がお金持ちの奥様風だし、結婚していたと言われてもあまり違和感は無いかもしれない。そういえば桜木さんもバツイチで、子供がいなくて、年齢も増田さんと同じ四十五歳だ。二人は色々共通点があるんだな……。

「私、夫とは二十五歳の時に結婚して、去年、結婚二十周年の年に別れたんです。二十年間、特に大きな喧嘩もなく暮らしていたんですけどね……」

「じゃあ何で別れたんですか？　あ、すみません、余計な事ですね……」

「いいえ、いいんです。私が聞いて貰いたくて話しているんですから。別れたのは、簡単に言うと、性格の違いですね。私と夫は性格が全く違うんです。でもその事は結婚当初から薄々気付いていたんですけど、百%性格が同じ人なんていないし、一緒にいる内に合ってくるかもしれないと思ったんです。でも合うどころか、どんどん性格の違いが浮き彫りになっていってしまって……」

「……」

「どっちが良い悪いじゃないんです。性格の違いによるすれ違いって、そういう物じゃないですか。でも、だからこそ私も夫も相手に合わせる事が出来なかったんです。それで、私から別れを切り出したんです」

「増田さんの方から……」

「夫は妙に優柔不断というか、優しい所があったから、夫から別れを言いだす事は無いと思ったんですね。夫は自分から家庭を壊すような事はしない人なんです。どんなに私に不満があっても。男の人って、そういうタイプが多いのかもしれませんけど」

「……」

「でも夫は私と別れた事で、きっとスッキリしたと思いますよ。心機一転というか、新しい人生を楽しんでいると思います。多趣味で、友達も多い人ですからね。私も、夫に負けないように、新しい人生を楽しみたいと思ってます」

「それで、バンコクに来たんですか？」

「そうですね。あと、私、妹が二人いるんですけど、その内の一人が海外に住んでいて、以前から羨ましいと思ってたんで真似したっていうのもあるんですけどね。それで思い切ってコールセンターの仕事に応募したんです」

「なるほど」

「あ、着きましたね」

ＭＲＴが駅に着き、私達は電車から降りた。

暗い夜道をマンションに向かって二人で歩いている時、ふいに悪寒がして、私はくしゃみをしてしまった。

「流川さん、大丈夫？」

増田さんが心配そうに私を見た。

「だ、大丈夫です。ちょっと寒くて」

「もう十一月だから、いくらバンコクとはいえ、夜は気温が下がるものね……。風邪をひかないように気を付けてね」

「そうですね……」

5

マンションの自分の部屋に戻ると、ふわりと体が浮くような感覚がして、私はベッドの上に倒れるように座った。額を触ると、熱っぽいような気がした。

まさか、本当に風邪を引いちゃったんじゃ……。

私は日本から持ってきた体温計を取り出して、体温を測った。

三十八度だった。

私はガッカリしてしまった。たった二十分、気温が下がった外を歩いただけで、風邪をひいてしまうような自分の弱い体が恨めしかった。

そういえば、皆とマーケットに行った時、Tシャツを売っている店で毛糸のカーディガンが売っていて、どうしてバンコクのような暑い国でこんな服を売っているんだろうと不思議だったけれど、あれは気温が下がる夜用だったのか……。

また悪寒を感じ、体全体がゾクゾクとした。

部屋の天井近くに設置してあるエアコンを見上げた。冷房だけじゃなく、暖房も出るはずだけど、暖房を使いたいと思うほど、寒くはない。だけど、体を温めた方がいい気がした。どうしようか……。この部屋のベッドはホテル仕様のせいか、毛布はなく、シーツと掛け布団だけだった。

あ、そうだ。私は思いついて、バスルームに向かい、棚に置いてある使用前のバスタオルを手に取った。パジャマに着替えバスタオルを体に巻き付けると、部屋の電気を消して、ベッドの中に入った。これで少しは温まるかも……。私は暗闇の中、目を閉じた。


朝、目を覚まして体温を測ると、三十七、八度だった。若干、下がっていてホッとしたが、今日、会社に行くべきか迷った。

三十七度台なのだから、そんなにすごい熱じゃない。無理をすれば仕事も出来るような気がしたが、以前、熱があるのに無理をして仕事場のコールセンターで電話受付をして、熱に浮かされて、客に対して訳の分からない受け答えをしてしまい、すごいクレームに発展してしまった苦い経験があった。今日一日安静にして、完全に治した方がいいかもしれない。

私は携帯で会社に電話すると、休む旨を伝え、また眠りについた。

それからまた目が覚めて、携帯で時間を確認すると、午後二時だった。さっき起きた時は午前七時だったから、七時間も寝ていた事になる。また体温を測ってみると、三十七、五度だった。さっきよりだいぶ下がった。三十六度台になれば熱が下がった事になるだろうからあと一息だ……。ホッとしたらなんだかお腹が空いてしまった。そういえば朝から何も食べていない。少しはお腹に入れた方が回復も早くなる気がした。

私はベッドから起き上がると、ワンピースに着替えて、部屋から出て行った。

一階に降りてエントランスを歩いていると、「流川さん」と後から声がした。振り向くと、管理人の安斉さん……の奥さんの方が、立っていた。ああ、今日は水曜日だから、奥さんが当番なのか。

「どうしたの、今日は会社じゃないの？」

安斉さんは私を見て心配そうな顔をした。

「風邪を引いちゃって、熱があるので休んだんです」

「えっ、熱？　大丈夫？」

「大丈夫です。もうかなり下がったので。それでお腹が空いちゃって、コンビニでバナナでも買ってこようかと思って」

「バナナ……。まぁ、食べやすくて栄養もあるけどね。でもそれだけじゃ駄目でしょ。管理人室でお粥を作って持って行ってあげるから、部屋で待ってて。あ、バナナも買ってきてあげるから」

「いえ……そんな、わざわざ申し訳ないので……」

「何言ってるの。管理人なんだからこれぐらいするの当たり前よ。前に言ったでしょ、私の事、日本のお母さんだって思ってって。さ、早く部屋に戻って。せっかく熱が下がったのにまた上がったら大変よ」

「……分かりました。ありがとうございます」

私は安斉さんの勢いに押され、自分の部屋に戻った。

ベッドで横になっていると、しばらくしてドアをノックする音がした。

安斉さんを部屋に入れ、私は安斉さんに言われるままに、テーブルの前のソファーに座った。

安斉さんがテーブルの上にトレイを置いた。トレイには梅干しが乗ったお粥と、何か分からないが温かい飲み物と、バナナが乗っていた。

「お水は冷蔵庫の中？」と安斉さんが聞いてきたので、私は頷いた。

安斉さんは冷蔵庫からペットボトルを出し、グラスに注いでテーブルに置いた。

「はい、じゃあ食べちゃって」

安斉さんは私の隣に座ると、ニッコリと笑顔になった。

「いただきます……あの、この飲み物は何ですか？」

「あ、これ？　今の若い子は知らないかな～、私が子供の頃は風邪を引くとこれを飲むのが定番だったんだけどね。これは卵酒っていうの。日本酒に卵と砂糖を混ぜて温めた飲み物よ。これを飲むと体が温まって風邪が治ると昔から言われているの」

「卵酒……ああ、名前は聞いた事があります。飲むのは初めてですけど」

私は卵酒の入った陶器のコップを手に取った。

「流川さん、アルコールは大丈夫？」

「はい」

私は湯気の立ったコップに口を近付けて卵酒をゆっくり飲んだ。なんだか体がポカポカしてきたような気がした。けっこう効いているのかもしれない。

卵酒を飲み終わり、お粥とバナナも完食し、私は安斉さんにお礼を言った。

「ありがとうございます……なんだか元気になったような気がします」

それを聞いて安斉さんは安心したような顔になり、

「良かったわね。これで今夜ぐっすり眠ったら明日の朝にはきっともう治ってると思うわよ。睡眠は一番の薬だから」

「そうですよね……。色々ありがとうございます。私、昔から風邪を引きやすくて……。よくお腹を壊すんですよね。体が弱いからだと思うんですけど……」

「よくお腹を壊す……冷たい物を取った時とかに？」

「そういう時もありますけど、特に何もしてないのに壊す時もよくありますね」

「もしかしたらそれって……過敏性腸症候群じゃない？」

「過敏性腸症候群？」

「何かストレスとか、悩みがあるとか、そういう精神的な物が原因でなる病気よ。二十代や三十代の若い人に多い病気みたい。流川さんも、もしかしたらそれじゃないかしら」

「……」

「あ、ごめんなさいね。流川さんに悩みがあるみたいに決めつけちゃって。じゃあ、ゆっくり休んでね。おやすみ」

安斉さんはソファーから立ち上がろうとした。私はその瞬間、思わず口にした。

「実は私、ずっと悩んでいる事があって……」

「悩んでいる事……?」

安斉さんはソファーに座りなおした。

私は本当に話していいのかと思ってしまい、自分から言いだしたくせに黙ってしまった。

すると安斉さんが、

「私で良かったら何でも聞くわよ」と笑顔を向けてくれたので、思い切って話す気になった。

「子供の頃から悩んでいて……」

「子供の頃から……そんなにずっと?」

「……うちは母子家庭で、私は一人っ子なんですけど、ずっと、母親との仲が上手くいかなくて……」

「そうなんだ……」

「……こんな事、人に話すのは初めてなんですけど、私、子供の頃、よく母親に叩かれていて……正確には、殴られていたっていうか。母親は躾のつもりだったと思うんですけど、私はずっと母親に八つ当たりされているような、母親のストレスを理不尽にぶつけられているような気がしていました……」

「……」

「殴られて、時々、鼻血を出していました。母親に殴られながら気が遠くなって、そのまま失神してしまった事もあるんです。私、時々、原因不明の頭痛が起こるんですけど、これは子供の頃、母親に殴られた事が原因なんじゃないかと思ってしまうんです」

「……」

　私は話しながら、赤の他人である安斉さんに何故こんな事を打ち明けているのか、不思議な気持ちになった。私はまだ、熱に浮かされているのだろうか。

「でも殴られたのは子供の時だけで、私が中学生になったあたりから殴られる事はなくなったんですけど。たぶん、私が成長して体が大きくなったので、母親は殴るのをやめたと思うんです。やり返されるのが怖くて……」

「……」

　私はだんだん息苦しくなってきて、目の前にある水を勢いよく飲んだ。

「私……心の中ではずっと母親の事を憎んでいました。でも、同時にそんな事を思っちゃいけないって気持ちもずっとあったんです。母親は女手一つで私の事を必死に育ててくれて、短大までいかせてくれたのに、そんな事思っちゃいけないって。むしろ感謝しなきゃいけないいんだって。世の中には親に虐待されて殺されてしまったりする子供もいるんだから、そういう子に比べれば自分はちゃんと生きていて、大人に成長出来たんだから、幸せなんだって。でも、そう思えば思うほど苦しくなってきて……」

「……流川さん」

　私は俯いて、大きく息を吐いた。

「……ごめんなさい。こんな気持ち、安斉さんには分からないですよね。こんな事、話されても困りますよね」

「ううん……私、流川さんの気持ち、分かるわよ」

「え？」

私は顔を上げて安斉さんの顔を見た。安斉さんは涙で潤んだ目でじっと私を見つめていた。

「実は私もね……子供の頃から母親とあまり仲が良くないの。私の場合、母親だけじゃなく、父親ともなんだけどね」

「……」

「私も流川さんと同じ一人っ子なんだけど、うちの家は、本当に典型的な昔の日本の家庭そのものだったのね。父はサラリーマンで、母は専業主婦で。父は誰でも名前を知っているような大企業に勤めていたから、一般のサラリーマンの家庭より、少し裕福だったかもしれないけど。東京の郊外にある広い一軒家に、家族三人で住んでいて、一見、すごく幸せな家庭だったと思うんだけど……」

「一見……？」

「私も母によく殴られていたの。子供の頃は何故そんなに母が私の事を殴るのか分からなかった。でも、ある程度大人になってから分かったの。原因は、父の浮気だったの」

「……」

「父は、しょっちゅう浮気をしていたの。たぶん、母はその事でずっと苦しんでいて……そのやり場のない辛い気持ちを、私を殴る事で発散していたんだと思うの。流川さんのところと同じで、私が中学生くらいになったら殴らなくなったんだけど」

「……」

「私ね、子供の頃、夢遊病にかかってたの」

安斉さんは遠くを見るような目をして言った。

「夢遊病……？」

「眠りながら歩いたりしちゃう病気なんだけど、これは一種の睡眠障害で、子供がよくなるらしいけど、大人になったら自然に治るらしいの。どうしてなるのか、原因はよく分かってないらしいんだけど。でも、自分が夢遊病にかかったのは、母親が原因だったんじゃないかと思ってる」

「……」

「父は今はもう八十を超えていて、さすがに女の人とどうこうってていうのはないし、母とは普通に仲が良いんだけど、私はいまだに父と母と仲がぎくしゃくしてるのね。実は夫と一緒にバンコクに来たのも、両親と距離を置きたいっていうのもあったの。海外にいたらそんなにしょっちゅう会わずに済むから……お互いのために、その方がいいと思ったの」

「バンコクに来たのは、そんな理由があったんですね……」

「うん。あ、なんかごめんね。流川さんの悩みを聞いていたはずなのに、気が付いたら自分の悩みを話してたわ」

　安斉さんは苦笑いをした。

「いえ、安斉さんの話を聞けて良かったです。親との仲で悩んでいるのは、私だけじゃないんだって分かって、なんだかホッとしました」

「そう、良かった……。でも、本当に難しいわよね。親との関係って。親に死ぬほど心を傷付けられても、親だから、家族だから、憎んじゃいけないって思ってしまうから。だけど、そう思う事でますます苦しくなる。だって、自分の本当の気持ちをずっとごまかし続けているんだもの……」

「……」

「むしろ自分を傷付けたのが赤の他人だったら、心おきなく憎めてすっきりすると思うの。相手を憎む事を自分に許す事で、傷付けられた心も少しは癒えると思うし……。もちろん、復讐するとか、そういうのは違うと思うけど」

「……そうかも、しれませんね」

「でも親との仲が良くなくても、夫と出会って、新しい家族を作れて、私は幸せだなって思ってるの。そこは本当に神様に感謝してる。夫と出会わせてくれてありがとうって。残念ながら子供は出来なかったけどね」

「そんな風に思える旦那さんに出会えたなんて、羨ましいです」

「流川さんもきっと出会えるわよ。まだ若いんだから」

「そうだったらいいんですけどね……安斉さんは、旦那さんとはどんな風に知り合ったんですか？」

「私と夫は高校の同級生で、十六歳から付き合い始めたから、もう、四十年ぐらいの付き合いね」

「四十年！　すごいですね……」

「振り返ってみると、あっという間だったけどね……。あ、ちょっとしゃべりすぎちゃったわね。流川さんの風邪がぶり返しちゃうわ。もうベッドで休んで」

安斉さんはソファーから立ち上がった。

「そうですね……今日はありがとうございました」

「おやすみなさい」

安斉さんは笑顔でそう言って、空になった食器を乗せたトレイを持って部屋から出て行った。

私はまたベッドに入って眠りにつこうとした。すると、枕元に置いていた携帯が鳴った。出ると桜木さんだった。

「流川さん、今日休んでたけど、体調悪いの？」

携帯の向こうから桜木さんの心配そうな声が聴こえた。

「ちょっと風邪引いちゃって……。でも、熱もだいぶ下がったので明日は会社に行けると思います」

「そう、良かった。それで倉本さんに話を聞く件だけどね、今日、倉本さんと喫煙所で話したら、今週いっぱいは仕事が忙しくて難しいって言うのね。でも来週の月曜日だったら大丈夫らしいから、その日に前に行った和食屋さんで会おうと思うんだけど、流川さんも来れる？」

「大丈夫です。他の皆も来るんですか？」

「うん。ただ……増田さんだけ来れないんだけど」

「え、どうしてですか？」

「……増田さん、うちの会社辞めるんだって」

「え……？」

「日本に帰るみたい。明後日の金曜日の飛行機で」

「どうして、そんな急に……」

私はとても驚いてしまった。昨日、増田さんと二人で帰った時はそんな事、一言も言ってなかったのに。

「本人に理由を聞いてみたんだけど、ただ、日本に帰りたくなったとしか言わないんだよね……。もしかしたら、バンコクにいるのが怖くなったのかもしれないけど。でも、そういう気持ちは理解出来るよね。身近にいた人が二人も殺されたんだもんね……」

「……そうですね」

確かに、コールセンターにいた渡辺さんと、直接会っていたマリアちゃんが立て続けに殺されたのだから、怖くなって日本に帰りたくなるのは仕方ないかもしれない。

「私も最近はちょっと怖くて、買い物に行く気になれないしね……」

桜木さんは溜息まじりに言った。

そういえば、先週の土曜日は桜木さんから買い物に誘われていない。マリアちゃんが殺された事で頭がいっぱいですっかり忘れていた。桜木さんも、連続で身近な人が殺された事に恐怖を感じていたのか……。

「それで、急だけど明日の仕事終わりに同期の皆で増田さんの送別会をやろうって事になったの。流川さんも来てくれる？」

「もちろんです。どこでやるんですか？」

「ジム・トンプソンのレストランでやろうと思って」

「ジム・トンプソンのレストランって、この前行ったアウトレットのカフェですか？」

「そこじゃなくて、バンコクにはジム・トンプソン・ハウスっていうジム・トンプソンが生前使用していた家具とかコレクションを展示したミュージアムがあるのね。そこに併設してあるレストランでやろうって事になったの。すごく素敵なレストランよ。このレストランって、簡易的な物が日本の銀座にもあるんだけど、バンコクの方が雰囲気も味も、全然上だと思う」

「そんな所があるんですね。どこで待ち合わせするんですか?」

「午後六時にアソーク駅前で待ち合わせしようって事になったの。その時間だったら大体、残業が皆終わってるから。レストランの場所はBTSのシーロム線のナショナルスタジアム駅の近く。サイアム駅の隣にある駅」

　サイアム駅っていうと、この前、ニューハーフショーのカリプソを見に行った時に、シーロム線に乗り換えた駅か。

「じゃあアソーク駅からそんなに離れてないですね」

「うん。送別会は二時間ぐらい、八時半ぐらいまでにしようって話になってる。増田さんは次の日には日本に帰国しなきゃいけないから、あんまり遅くまではまずいから」

「分かりました」

6

　翌日、アソーク駅前で待ち合わせて、私と桜木さんと増田さんと今村さんと島崎さんでレストランに向かった。

　ナショナルスタジアム駅で降りて、五分ほど歩くとジム・トンプソン・ハウスがあった。レンガの高い壁に囲まれていて、入り口の門を通り抜けると、左右に大きな建物が二棟あり、その内の一棟がレストランのようだった。

皆でレストランに入ると、中は広くて、とても素敵だった。アジアンテイストの内装で、高級感があった。テーブルの椅子の背もたれに置かれているクッションは、ジム・トンプソンのシルククッションのようだった。

私達は窓際のテーブルの席に座ると、さっそく料理を色々注文した。タイ料理と西洋料理が両方あったので、鶏肉をパンダンの葉で包み、揚げているガイホーバイトゥーイや、海老の入ったタイ風春巻きサラダのヤムウンセンや、グリーンカレー、トムヤムクン、シーフードパスタなどをアラカルトで頼んだ。お酒は店員さんのお勧めの赤ワインにした。

私は料理が運ばれるまでの間、レストランの大きな窓からぼんやりと外を眺めた。窓から見える庭には池があり、緑が多かった。騒がしい都会の真ん中に突然現れたオアシスのような場所だと思った。そういえばジム・トンプソンのアウトレットも、街中に森が存在しているような場所だった。都会の中に緑豊かな場所を提供する事は、ジム・トンプソンというブランドのコンセプトなのだろうか。

そんな事を考えている内に料理とワインが運ばれてきて、皆で乾杯する事になった。

「じゃあ、増田さん、今までお疲れ様でした！　日本に帰っても元気でね、乾杯！」

桜木さんの言葉と同時に皆で乾杯した。

店員さんお勧めのワインはとても美味しく、料理もバンコクに来てから食べた物の中で一番美味しかった。特にタイ料理がすごく美味しく、日本人向けの味付けのような気がした。

「それにしても、増田さんが突然帰っちゃうなんて、ちょっとショックだな……」

今村さんが残念そうに言った。

「ごめんなさい……。私も出来ればもっとタイにいたかったんだけど……」

増田さんは申し訳なさそうに言った。

「いいんですよ、増田さんの気持ちは分かりますよ。正直言って、私だって日本に帰りたい気持ちはありますから。やっぱり、怖いですから……」

島崎さんがフォローするように言った。

「そうよね、皆、本当は怖いよね……まだ犯人は捕まってないんだから」

桜木さんが頷いた。

私はワインを飲み、少し酔ってしまったが、以前から疑問に思っていた事を口にした。

「でも……犯人の目的が女子大生が殺された事による復讐なら、どうして二年も経った後に、急に復讐を始めたんでしょうね……」

皆が、ハッとしたように私を見た。

「言われてみればそうね……名古屋のコールセンターで起こった事件は、二年も前の事なのに、どうして今になって急に復讐する気になったのかしら……」

桜木さんはワイングラスを持ちながら、眉間に皺を寄せた。

「女子大生が殺された時はただ悲しみで呆然とした気持ちだったけど、二年経って、ふつふつと怒りが湧いてきたとか……」

島崎さんが自分の推理を述べた。

「まぁ、そういう可能性もあるよな……実際のところは分からないけど」

今村さんは料理を食べながら呟いた。

「まだ渡辺さんとマリアちゃんを殺した犯人が捕まってないのに、私だけ日本に帰ってごめんなさい……」

増田さんは再び申し訳なさそうに俯いた。

「だから、それはもういいんだってば。そんな事言われたら、せっかく増田さんの送別会を開いたのに、逆に落ち込ませちゃったみたいな気持ちになっちゃう」

桜木さんは増田さんのグラスにワインを注ぎ足し、

「もう犯人の話は止めにして、もっと楽しい話をしよう。ね、皆」

と笑顔で言った。

「そうですよね。せっかくの増田さんの送別会なんだし」島崎さんも反省したように言った。

「増田さんは明日の金曜日に帰っちゃうし、俺達は仕事で見送りに行けないし、これが最後の夜だもんな……」今村さんも言った。

「そうですね。楽しい話をしましょう」

私も笑顔で言った。

「皆、ありがとう……」

増田さんは泣きそうになったのか、目頭をハンカチで押さえると、笑顔になった。

それからは皆でワインを飲み、料理を食べ、バカバカしい話で盛り上がり、夜は更けていった。

「あーもう、九時かぁ……」

ベッドで目を覚まして、携帯で時間を確認すると、朝の九時になっていた。私はゆっくりと起き上がった。木曜日の増田さんの送別会でワインを飲みすぎたせいか、金曜日は勤務中も二日酔いで頭が痛かったけれど、今日はもう大丈夫のようだった。

顔を洗った後、窓を開けてバルコニーに出ると、良い天気だった。吹いて来る風が心地よかった。今日は何の用事も無い土曜日だな……。桜木さんと買い物に行く予定も無いし。家でゆっくりしようかな。

そんな事を考えながらぼんやりと外を眺めていたら、下の方から水を弾くような音がした。視線を下に向けると、中庭のプールで誰かが泳いでいる姿が見えた。ん？　私は泳いでいる人を凝視した。泳いでいるのは、今村さんだった。縦が二十五メートルぐらいあるプールを水飛沫を上げながら、クロールで軽快に泳いでいる。

私はその姿を呆然と眺めた。私はマンションの部屋のバルコニーからプールが丸見えなのが気になって、プールを一度も使用した事がなかったけれど、今村さんが使っていたのか。まぁ、男だから人目なんて気にならないか……。特に今村さんは人目を気にするようなタイプじゃないもんな……。

ふいに泳いでいた今村さんが止まって、顔を上げると上に向かって、手を振った。

私はぎょっとした。もしかして私に向かって振ってる？

私は自分が今村さんが泳いでいた所を見ていた事を気付かれたのが、妙に気恥かしくなって、ぎこちなく手を振り返すと早々に部屋へと入っていった。

部屋に戻ると、昨日買ってきておいた菓子パンを朝ごはん用に食べて、インスタントコーヒーを飲みながら、テレビを見た。タイ語は相変わらず分からなかったので、テレビを見る時はいつもNHKワールドだった。ニュースが終わると、ドラマが始まった。なんだか知っているタイトルだった。あ、去年、NHKでやっていた朝ドラだ。たぶん再放送なんだろう。けっこう面白いと評判になっていたけれど一度も見た事がなかった。再放送のせいか、何話も連続で放送が続いた。何気なく眺めていたら、段々話の面白さにのめり込んでいった。何、これ。すごく面白いじゃない。こんなに面白いドラマだなんて知らなかった。世間の評判って侮れないな……。

私は椅子に座り直すと、真剣にドラマを見始めた。


「あー、面白かった……」

ドラマが終わり、私は満足の溜息を漏らした。手元にあるコーヒーはいつの間にか冷めてしまっていた。机の上の時計を見ると、午後四時時半だった。え？　六時間以上もドラマを見ていたの？　集中しすぎてお昼ご飯を食べるのも忘れてしまっていた。バンコクに来てから日本のドラマはほとんど見てなかったので、夢中になってしまったのかもしれない。もう時間的にお昼ご飯というより、夕ご飯の時間だ。今日は昼食兼夕食だな。わざわざ出掛けるのも面倒くさいから、マンションの中にあるレストランで済ませようかな……。そんな事を考えていたら、ふと思いついた。

そうだ、以前桜木さんが言っていた鶏肉の料理の、カオマンガイを食べに行こうかな。桜木さんと今度食べに行こうと約束したまま、結局行けてなかった。確か、店員がピンクの制服を着ている事からピンクのカオマンガイと呼ばれていると言っていたっけ。

私はパソコンでピンクのカオマンガイで検索した。すぐに見つかって、場所はチットロム駅のすぐ近くだった。そうだ、思い出した、チットロム駅の近くだと桜木さんも言ってた。営業時間は、午前五時半から午後三時と、午後五時から午前二時まで。すごい、早朝から深夜までやってるんだな……。午後五時からなら、今から行けばちょうどいいかも。私は椅子から立ち上がった。

ＢＴＳに乗り、チットロム駅で降りると、パソコンに載っていた道順通りに歩いて行った。駅を出て真っ直ぐ歩いて行き、橋を渡った後、交差点を右に曲がると店が見えると書いてあった。その通りに橋が見えて来たのでそこを渡り、交差点を右に曲がった。

そこで、立ち止まった。

交差点の、道路を挟んだ向こう側の歩道を、誰かが通り過ぎていくのが見えた。

私は立ち止まったまま、その人を、凝視した。

だけど、その人は私とは反対方向に歩いて行き、人混みに紛れてあっと言う間に見えなくなってしまった。

その人は、増田さんだった。

どうして……どうして、日本に帰ったはずの増田さんがこんな所にいるの？

私は訳の分からない気持のまま、ただ呆然とその場に立ち尽くした。

道路を走る車やバイクの騒音だけが、耳に響いていた。

第五章

真犯人

1

「え？　増田さんを見掛けたっ？」

携帯の向こうで、桜木さんが驚きの声を上げた。

「そうなんです。さっき、チットロム駅の近くの、ピンクのカオマンガイの店の側の交差点で、増田さんを見たんです」

私は増田さんを目撃して、いてもたってもいられない気持になり、ピンクのカオマンガイの店では食べずに、マンションに戻って来て、桜木さんに電話を掛けた。

「でも、増田さんは昨日、日本に帰ったはずでしょ？　流川さんの見間違いじゃない？　増田さんみたいな人って、バンコクにけっこういるからね。日本の駐在員の奥様って、増田さんみたいな雰囲気の人多いから。おっとりしていて、お金持ちの奥様風っていうか」

「いえ、見間違いなんかじゃないです。あれは確かに増田さんでした」

私は断言した。

「……そうなんだ。日本に帰ったはずなのに、どうして……」

「私も訳が分からなくてパニックになっちゃって、それで桜木さんに電話したんです。桜木さんの意見を聞きたくて」

「私にも分からないわ。増田さん本人に聞くしかないわよね」

「増田さんに電話して聞くって事ですか」

「電話だと、本当の事を言って貰えるか分からないから、直接会って聞く方がいいと思う」

「直接会うって、どうやって」

「ピンクのカウマンガイの店の側の交差点で見掛けたんでしょう？　そこで待ち伏せしよう」

「待ち伏せ……」

「またそこを通るかもしれないものね。さっそく、明日、行ってみよう。増田さんを見掛けたのは何時ぐらい？」

「午後五時近くです」

「じゃあ、念のため午後四時ぐらいから待ち伏せしよう」

「わ、分かりました」


私と桜木さんは翌日、ＢＴＳに乗ってチットロム駅に向かった。電車の中で桜木さんが、

「昨日、ずっと考えてたんだけど……よく考えたら、増田さんが急に日本に帰るって言いだしたのって何だか変よね……」

「……そうですね」

「……もしかしたら、増田さんは、渡辺さんとマリアちゃんが殺された事件に、何か関係しているのかな」

「え……」

「私、増田さんから日本に帰国するって聞いた時、身近で殺人事件が二件も起きたから、きっと怖くなったんだろうって思って、増田さんを疑うような事は全然思わなかったんだけど、でもそれって、自分の中で仲間の事を疑いたくないっていうブレーキがかかってた

からかもしれないって思うの。今から思うとだけど……」

「……」

仲間を疑いたくないという、ブレーキがかかっていた……。

もしかしたら自分も、そうだったのかもしれない……。

ＢＴＳがチットロム駅に着き、私と桜木さんはピンクのカオマンガイの店の側の交差点まで歩いて行き、そこで増田さんを待ち伏せした。

人通りが多い歩道を、ただ立っているのは辛かったけれど、増田さんを待ち続けた。そして、昨日、増田さんを見掛けた午後五時近くになった時、駅の方から、増田さんが歩いて来るのが見えた。

私と桜木さんは増田さんに向かって駆け出した。

「増田さん！」

二人で同時に声を掛けると、増田さんは私達を見て、ぎょっとした顔をして立ち止まった。

「桜木さんと流川さん……？　何でこんな所に……」

「それはこっちのセリフよ！　増田さんこそ、どうしてここにいるのよ！」

桜木さんがストレートに聞くと、増田さんは言葉に詰まったようだった。

「実は、私……ああ、説明している時間がないわ。遅刻しちゃう」

増田さんは腕時計を見て焦った様子で言った。

「遅刻って……」

意味が分からず私が聞き返すと、

「後で説明するから、とりあえず桜木さんも流川さんも私について来て！」

そう言うと増田さんは走り出した。私と桜木さんは慌てて後を追った。

2
「チットロム駅の近くにも和食屋さんってあったのね……」

向かいの席に座っている桜木さんが、お冷のグラスを持ちながら言った。

「そうですね……」

私は店内を見回した。あまり広くないこじんまりとしたお店だったけれど、店の中は清潔でとても綺麗だった。建物自体の外観は古い感じだったけれど、中は上手くリフォームしてあって新築のような雰囲気だった。そのお店のカウンターの向こうの調理場で、増田さんは忙しく働いていた。素早く手を動かして料理を作っている。調理場には増田さんと、もう一人、増田さんと同年代に見える日本人らしき女性がいた。

しばらくすると増田さんは調理場から出て来て、私と桜木さんのテーブルに料理を運んで来た。料理を置くと、増田さんは私達の事をじっと見て、

「このお店、午後十時で閉店なの。だから食べ終わったら、このお店の隣にあるカフェで待っててくれる？　必ず行くから」

そう言って調理場に戻って行った。桜木さんは店内の時計を見上げると、

「十時までかなりあるわね……」と呟いた。

「あと五時間近くありますね」

「カフェでコーヒーを何杯もお代わりする事になりそう。でも、待つしかないわね。増田さんにちゃんと話を聞きたいもの」

「そうですね……」

私達は目の前の料理を食べ始めた。

食べ終わるとカフェに行き、二人ともコーヒーとドーナツを頼むと、テーブルに並んで座って携帯でネットを見たり、カフェに置いてあったタイのファッション雑誌を見ながら時間を潰した。私は雑誌のページを捲りながら、思わず欠伸が出た。何だか、段々眠くなってきてしまった……。

「流川さん、起きて」

肩を揺すられてハッとして目を覚ますと、目の前に桜木さんの顔があった。いつの間にかテーブルに突っ伏して眠ってしまっていたらしい。私は体を起こして体勢を整えた。すると、テーブルの向かいの席に増田さんが座っている事に気が付いた。

「増田さん、今来たところよ」

桜木さんが言った。増田さんは私を見て気まずそうな笑顔を浮かべた後、気持ちを落ち着かせるようにコーヒーを一口飲んだ。そして、話し始めた。

「さっき来たから、もう分かってると思うけど、私、あの和食のお店でシェフとして働いているの」

「つまり、日本に帰るっていうのは、嘘だったって事よね……どうして、そんな嘘をついたの?」

桜木さんが率直に聞いた。

「ごめんなさい……。実はあの和食店は、私の高校の同級生がやっている店なんだけど、その事を知ったのは偶然で、バンコクに来てすぐ、たまたま同級生と街中で再会したからなの。それこそ三十年年振りぐらいの再会でびっくりしたんだけど、バンコクで日本の知り合いに会えたのが嬉しくて、彼女のお店に休みの日によく行ってたの。そうしたら彼女の方から、お店を手伝ってくれないかって言われて。お店が予想以上に忙しくて大変だったみたい。それで、初めは土曜日だけ、ホール係を手伝ってたんだけど……」

増田さんは一呼吸置いて、またコーヒーを飲んだ。

私は増田さんが土曜日はバンコクにいる知り合いに会ってると言っていた事を思い出した。増田さんは話を続けた。

「そんな事をしている内に、彼女と一緒にシェフとして調理場で働いていたタイの女性が突然、辞めるって言いだして。シェフが一人だけだととてもやっていけないって彼女が悩んでいる時に、私が調理師免許を持っている事を何気なく話したら、一緒にシェフとして働いて欲しいって言われて……。今までのように週一のアルバイトじゃなくて、正社員になって欲しいって言われて……」

「それで、コールセンターを辞めて今はシェフとして働いているんだ。だったら初めからそう言ってくれれば良かったのに。何で日本に帰るなんて嘘をついたの？」

桜木さんが半ば呆れたように聞いた。増田さんは顔を伏せた。

「ごめんなさい。私、自分に自信が無くて……」

「自信？　どういう事？」

「実は今、シェフとして働いているけど、まだ正式に正社員になったわけじゃなくて、試用期間なの。まず九十日間働いてみて、彼女からＯＫが出たら正社員になれるの。いくら高校の同級生とはいえ、そこは彼女も経営者としてシビアに人を見てるから。私、調理師免許を持っているとはいえ、今まで夫以外の人に自分の料理を食べて貰う機会がほとんど無かったから自分の腕に自信が無くて、もしかして試用期間中に首になるんじゃないかって不安があったから、コールセンターの皆に、本当の事が言えなくて……。だって、首になったら恥ずかしいから。だから九十日間の使用期間が終わって晴れて正社員になれたら、皆に本当の事を話そうと思ってたの。そして、もし首になったら何も言わずに本当に日本に帰ろうと思ってたの……」

「そんな理由で、嘘をついたんだ……」

桜木さんは呆然とした口調で言った。

「私、自分で言うのも何だけど自信が無いくせに見栄っ張りだから……」

「でも、増田さんはコールセンターを辞めたから就労ビザはすぐに切れちゃうんじゃないですか？　どうやって九十日間もタイに住むんですか？」

私が疑問を口にすると、

「私、一度タイから出国して、再入国してるの。その時に観光ビザを取ったの」

「え、じゃあ、増田さんは一度日本に帰ってるんですか？」

「ううん、そうじゃなくて、タイの隣のラオスにバスで行って、そこのタイ大使館で観光ビザを取って帰って来たの。日本人がタイでやっている会社でビザを取得するためのバスツアーがあって、そのツアーに参加したの。ツアー料金はけっこう安くて四千バーツぐらいだったかな」

「そういうツアーがあるんですね……知らなかった」

私はそんな手があったのかと感心してしまった。すると桜木さんが、

「でも、観光ビザだと六十日間しかいられないんじゃなかった？　それに観光ビザの場合、タイで働く事が出来ないと思ったけど」と聞いた。

「タイ国内で観光ビザの延長手続きをすると、三十日間延長出来るの。だからちょうど九十日間いられるの。それで正式に正社員に採用されたら、就労ビザを取るつもり。観光ビザだと、確かに働く事は禁止だから、試用期間の間はお給料は貰わない事にしてるの。だから、今はボランティアで手伝っているみたいな感じ。九十日間暮らせるぐらいの貯金はあるしね」

「なるほど……」

桜木さんは納得したように溜息をつくと、

「でも、増田さんがバンコクにいる理由がハッキリ分かって良かった。私、もしかしたら渡辺さんとマリアちゃんが殺された事件に増田さんが係わってるんじゃないかとちょっと疑っちゃったから……ごめんなさい」

「ううん、そう思っても仕方ないわよね……。日本に帰ったはずの私がバンコクにいるって知ったらそれはびっくりするわよね……こっちこそ、嘘ついてごめんなさい。私も首になった時の事を心配して嘘なんかつかずに正直に言えば良かった」

「でも、首になるのが不安になるのは分かりますよ。初めてチャレンジする職業なんだし。むしろ友達に言われたからって急にシェフとして働く事を決断するなんて、すごいと思いますよ」

と私が言うと、増田さんは私をじっと見て、

「急にじゃないの……」

「え？」

「私ね、友達に誘われる前から本当はずっと心の中で思ってたの。友達の店で、シェフとして働いてみたいなって……。でも、自信がなくて言いだせなかったの。そんな時、たまタイ人のシェフが辞めて友達から誘ってもらったから、内心、すごく嬉しかったの。私、専業主婦の時からずっと、自分で働いて経済的に自立している人に憧れていたから……。でも憧れている分、ずっと自分にコンプレックスがあった。毎日、石川啄木のような気持ちで暮らしていたんだよね」

「石川啄木？」

「友がみな、我より偉く見ゆる日よ……みたいな」

「……」

「まぁ、とりあえず増田さんが事件と何の関係も無いって事が分かって良かった。もう帰ろうか。明日も仕事だしね」

桜木さんはそう言って席から立ち上がった。

「そうですね。もう遅いし」

私と増田さんも立ち上がった。

三人でBTSに乗って並んで座っていると、増田さんが桜木さんに聞いた。

「そういえば桜木さんってどこに住んでるの？」

「私はプロンポン駅の近くに住んでるの」

「ああ、アソーク駅の隣の……」

「増田さんは今はどこに住んでるの？　流川さんと一緒のマンションはもう引き払っちゃったんでしょう？」

「今は、ナナ駅の近くのマンションに住んでるの。流川さん、覚えてる？　ほら、研修の講師だった高橋さんと不動産見学をしたでしょ？　その時に部屋の壁がピンクの安いマンションがあったじゃない。あそこに住んでるの」

「ああ、安いけど一階の部屋で防犯が心配だって言って断ったところですね」

私は思い出して言った。

「そう。今も本当は防犯面では心配だけど、とにかく家賃が一万バーツで安いし、職場のあるチットロム駅まで近いしね」

そんな事を話している内に電車はナナ駅に着き、「ナナ〜、ナナ〜」と、独特なイントネーションのアナウンスが車内に響いた。

「じゃあ、またね」

増田さんは笑顔で私達に挨拶をすると電車を降りて行った。

電車がまた走り出してから桜木さんが、

「なんだか増田さん、前よりイキイキしてるね……」と呟いた。

「桜木さんもそう思いました？　私も思ったんです。なんだか増田さん、明るくなったっていうか、目が輝いてるなって……」

「前はもうちょっと大人しいというか、控え目な感じだったよね。人って、本当に好きな事をしてる時は、自分に自信が持てて良い意味で堂々と出来るのかもしれないね……」

「そうかもしれないですね……」

「それにしても今日は疲れちゃったわね……」

桜木さんは口に手を当てて小さく欠伸をした後、

「でも、明日は倉本さんに話を聞く日だから、頑張って会社に行かないとね」と言った。

「そうですね……」

桜木さんに言われて気が付いた。そうだ、明日、月曜日は仕事終わりにひまわり通販の正社員の倉本さんに名古屋のコールセンターで起こった事件について詳しく話を聞く日だった。

そう思うと、疲れてはいたが身が引き締まるような気持ちになった。

3

「倉本さん、遅いな……」

今村さんがお店の壁に掛った時計を見上げて、呟いた。

私も時計を見上げた。確かにもう待ち合わせ時間から三十分も過ぎていた。

「今日は残業が無いって言ってたけどね……。でも予定外のトラブルがあったのかも。もう少し待ってみて、それでも来なかったら電話を掛けてみよう」

桜木さんが言った。

「そうですね」

島崎さんが頷いた。今日はターミナル21の和食店で四人で倉本さんを待っていた。増田さんは和食店の仕事があるから来ていなかった。皆、無言になって倉本さんを待った。その場の空気は少し重く、強張っていた。倉本さんの話を聞く事で犯人の手掛かりが掴めるかもしれないと思い、皆、緊張しているのかもしれない。

島崎さんが急に身を乗り出すと、

「でも、私何気に倉本さんに会うのが楽しみなんです。実はけっこう好みなんですよ、倉本さんって。背が高くて、肌が浅黒くて、筋肉質で男って感じがするじゃないですか。無口な感じもいいなぁって。まぁ、顔はちょっと薄いですけど」

「でも倉本さんって、三十代後半ぐらいだろ。島崎さんとはかなり年齢が離れてない？」

今村さんが驚いたように言うと、

「私、あんまり年の差とか気にならないんですよ」

「倉本さんって、確か既婚者よ。奥さんと子供と一緒にタイに来ていて、スクンビット通りの近くの一軒家で一緒に暮らしているみたいよ」

桜木さんがそう言うと、

「何だ……結婚してたんですね……」

島崎さんは本当に残念そうにガックリと肩を落とした。そんな島崎さんを見て、皆、思わず笑ってしまい、なごやかな雰囲気になった。緊張がふっと解けたような感じだった。

そんな雰囲気の中、私は昨日、桜木さんが言った言葉を思い出していた。

仲間を疑いたくないという、ブレーキがかかっていた……。

だから、増田さんが急にコールセンターを辞めると言った時、何も疑わなかった……。

ブレーキを外して考えてみると、今まで想像もしなかった考えが頭に浮かんでくる。

私はテーブルにいる桜木さん、今村さん、島崎さんの事を眺めた。

私と、ここにいる同期の仲間達がバンコクのコールセンターにやって来てから、バンコクで殺人事件が起こった……。しかも、連続で。

それは、ただの偶然なんだろうか。本当に偶然？

むしろ、偶然ではない、と考えた方が現実的なんじゃないだろうか。

私は向かいの席に座っている島崎さんをじっと見つめた。

二年前、名古屋のコールセンターでミスをしてしまった女子大生は、当時、二十歳ぐらい……。

そして、島崎さんは確か二十三歳。

島崎さんが、その女子大生だという可能性は無いだろうか？

私は今度は島崎さんの隣に座っている今村さんをじっと見つめた。

二年前、女子大生のミスによって旦那さんに殺されてしまった三十代半ばの女性。もし、その女性に恋人がいたら……その恋人が、今村さんだという可能性は無いだろうか？

だって、今村さんは言ってたじゃないか。マンションのカフェで一緒に朝食を取っていた時に、日本にいた時に恋人がいたけど別れてしまったって。

あれは、二年前に殺されてしまった女性の事だった可能性は無いの？

だとしたら、今、自分の目の前に並んで座っている二人は、事件の犯人と、その犯人が狙っているターゲットだという事になる。

そこまで考えて、全身に恐ろしいほどの寒気が走った。自分の半袖の両腕を見たら鳥肌が立っていた。

「流川さん、どうしたの？　顔色が悪いけど……」

隣に座っている桜木さんが心配そうに私の顔を見た。

「あ、大丈夫です。冷房がちょっとキツイみたいで……」

私は慌ててバッグから買ったばかりのストールを取り出し、肩に羽織った。その時、

「遅れてごめん。ちょっと、トラブっちゃって……」

倉本さんが来て、今村さんの隣の席に座った。

倉本さんは席に着くと首に掛けていた社員証を取り、テーブルの上に置いた。

私は何気なくその社員証を見て、あれ、と思った。そこには倉元高志と名前が書かれていた。倉本さんの名字って倉元って書くんだ。てっきり倉本だと思っていた。

倉元さんが来たので、私達はとりあえず食事を注文し、それを食べ終わって、食後のお茶が運ばれてきた時に、桜木さんが話を切り出した。

「倉元さん、喫煙所でも話しましたけど、私達、渡辺さんを殺した犯人を見つけるために、二年前にひまわり通販の名古屋のコールセンターで起こった事件の事を聞きたくて……」

倉元さんはお茶を一口飲むと、

「ああ、その話ね。でも俺はひまわり通販のコールセンターを転々としてるけど、名古屋のコールセンターでは働いてないんだよね……」と渋い顔で言った。

「そうなんですか……じゃあ、事件の事は詳しく知らないんですか？」

桜木さんががっかりした様子で聞くと、

「いや、でも俺の同僚が二年前、名古屋のコールセンターで働いていて、その同僚から事件の話は聞いている。その話で良かったら、話すけど」

「話して下さい。お願いします」

桜木さんは倉本さんに頭を下げて言った。私と今村さんと島崎さんも「お願いします」と頭を下げた。

「大袈裟だな……。そんな頭なんか下げなくていいよ」

倉元さんはびっくりしたように言って、お茶をまた飲むと、話し出した。

「その事件って、二年前、その名古屋のコールセンターで働いていた当時二十歳だった女子大生が本当だったら本人以外に教えてはいけない個人情報である住所を本人の旦那に教えちゃった事件の事だよな」

「はい、そうです」桜木さんが相槌を打った。

「その結果、旦那が教えて貰った住所に押しかけて行ってしまった」

「はい」

「幸い、奥さんは無事で、擦り傷一つ負わなかったらしいけど……」

「そうです……え？」

桜木さんも私も今村さんも島崎さんも、倉本さんの言葉にぽかんとしてしまった。

奥さんは擦り傷一つ負わなかったって……。奥さんは確か、旦那さんに殺されたはずじゃ……。

「倉元さん、奥さんは旦那さんに殺されたんじゃないんですか？」

私が思わず聞くと、

「殺された？　何だそれ。誰がそんな事言った？」

倉元さんは驚いたように私を見た。

「佐野さんが……」

「ああ、佐野ね。あいつは契約社員として今年の春からバンコクで働き始めたばかりだから、噂を聞きかじっただけなんだろうな。噂がいつの間にか大きくなって、間違って伝わってるんだろう。実際は奥さんは無傷だったんだよ。押しかけて来た旦那とマンションの玄関先で鉢合わせしたらしいけど、奥さんがダッシュで逃げたらしい。中学、高校と陸上の選手で足がすごく速かったらしくて。要するにこの事件は被害があってないようなものだったから、新聞にも載らなかったし、テレビのニュースでも流れてないんだよね。もっとも、奥さんからコールセンターにすごいクレームが入ったけどね。住所を勝手に教えたって」

「じゃあ、女子大生のミスで奥さんが死んだって事はデマで、実際は死者なんて出てなかったって事ですか？」

「いや……死者は、出たんだけどな」

「え？」

倉元さんは少し気まずそうな表情になり、一呼吸置いてから言った。

「そのミスをした女子大生が……コールセンターが閉鎖されてから三ヶ月後、自殺したんだ」

「え……」

私は呆然として思わず言葉を失ってしまった。

「自殺したって、どうしてですか？　まさか、自分のしたミスを悔やんで？」

　桜木さんが倉元さんに問うと、

「いや、違う。その女子大生が自殺した原因は……いじめなんだ」

「いじめ……？」

「ああいう行動をいじめって呼ぶのか分からないけど、でも他に適当な言葉が見つからないから、やっぱりいじめかな」

「いったい、何があったんですか？」

「女子大生がミスをした事件の後、すぐに名古屋のコールセンターが閉鎖されて、そこに勤めていた派遣社員は全員解雇になったんだ。正社員や契約社員は他のコールセンターに移動になったけどね。その事で、派遣社員達は鬱憤が溜まってたのかもしれないけど……解雇された派遣社員の数人が、その女子大生にいじめのような事をし始めたんだ。女子大生の携帯に電話して暴言を吐いたり、ひどい内容のメールを送ったり……」

「でも、コールセンターが閉鎖されたのは、その女子大生のミスのせいじゃないですよね？　佐野さんがコールセンターが閉鎖されるのは以前から決まっていた事だったって言ってましたよ」

「そう。ネットが普及した事によってひまわり通販のコールセンターは次々に閉鎖されてたからね。名古屋のコールセンターもそうだった。その事は派遣社員も皆、知ってたと思う。事前に告知してたからね。でも、解雇された怨みが溜まってたのも事実だと思う。だって正社員や契約社員は解雇されなかったんだからね。どうして自分達だけがって、そう思ってたんじゃないかな。あまりにも理不尽だって。そういうやり場のない怒りが、その女子大生に向いてしまったんだと思う。いってみれば、怒りをぶつける相手は誰でも良かったんだと思う。その女子大生は、たまたまミスをしたせいで、そのターゲットに選ばれてしまったんじゃないかな……。その女子大生も派遣社員で、同じように解雇された仲間だったんだけどね……」

「……」

「その女子大生もね、携帯を解約して別の携帯に替えて電話やメールが届かないようにして、嫌がらせに抵抗していたらしいけど、今度は嫌がらせをしていた数人が、女子大生の住んでいる実家にまで押し掛けて来るようになったらしい。そして、家の塀に落書きしたり、窓に投石したりするようになったらしくて……」

「信じられない……何でそんな事」

話を聞いていた島崎さんが顔をしかめた。

「俺も話を聞いた時は信じられなかったよ。何でそんな事までするんだって。たぶん、その女子大生に八つ当たりしたい気持ちがどんどんエスカレートしていったんだと思う。嫌がらせをしていた奴らも自分で自分が何をやっているのか分からなくなってたんじゃないかな。自分が受けた理不尽さに対する怒りで頭がいっぱいで、自分の行動を制御出来なくなっていたのかもしれない……」

「でも、どうして実家の場所が分かったんですか。その女子大生と元々は親しくて、家の場所を知っていたんですか？」

桜木さんが腑に落ちない様子で聞くと、

「いや、それほど親しくはなかったらしい。恐らく、何らかの方法で女子大生の履歴書を盗み見たんじゃないかな」

「そこまでして嫌がらせするなんて……。その嫌がらせの結果、女子大生は自殺してしまったって事ですか……」

「たぶんね。元々、繊細な性格な子だったらしいから……」

「でも、すごく詳しく知ってますね、倉元さん。今の話は全部、名古屋のコールセンターに勤めていたっていう同僚の人から聞いたんですか？　その同僚の人は女子大生と親しくて、本人から話を聞いていたんですか？」

「いや、同僚は女子大生と特に親しくなかったらしいんだけど……お葬式に呼ばれたらしいんだよ。女子大生の両親に」

「お葬式……」

「それで同僚はお葬式に出向いたんだけど、そこで、女子大生の両親に女子大生が嫌がらせを受けていた話を聞いたらしい。そして、一枚の写真を見せられて聞かれたらしい。ここに写っている、女二人と男一人の名前を知ってるかって」

「写真？」

「それは女子大生がコールセンターに勤め始めたばかりの時、コールセンターの皆と一緒に行った飲み会での写真だったらしい。たぶん、そこに写っていた女二人と男一人が、嫌がらせをしていた奴らだったんだろう」

「でも、どうして女子大生の両親は、嫌がらせをしていた人達の顔を知っていたんですか」

「偶然、顔を見たらしいんだ。奴らが家の塀に落書きをしている時に。その時は捕まえられずに逃げられてしまったらしいけど……」

「倉元さん、その女二人と男一人の名前は分かりますか？」

「いや、それは同僚に聞いてないから分からない。いじめをするような奴の名前なんて特に知りたいと思わなかったし」

倉元さんはお茶を一口飲んで、また話し始めた。

「お葬式で、女子大生の両親はとても憔悴していて、そして、悔やんでいたらしい。どうして奴らの嫌がらせを早く止められなかったんだろうって。もちろん警察には相談してたらしいけど、そんなやり方じゃなく、奴らを殺してでも止めるべきだったって言ってたらしい。そうすれば、娘は死なずに済んだのにって……。一人娘だったらしい……」

その場が、しんと静まり返った。重い沈黙だった。

沈黙を破るように、桜木さんが口を開いた。

「倉元さん……その、自殺した女子大生の名前は、同僚の方から聞いていますか」

「ああ……それは、聞いたかな」

「名前を、フルネームで教えて貰えますか」

桜木さんが真剣な顔で言った。私はハッとした。そうだ、連続殺人事件の犯人が女子大生の親だった場合、名字が同じ可能性が高い。

倉元さんは眉間に皺を寄せて、

「それが……覚えてないいんだよ」

「……覚えてない？」

「確かに一度は聞いた気がするんだけど……忘れちゃったんだよ。なにしろ、話を聞いたのが二年ぐらい前だからさ。でも忘れるって事はそんなに珍しい名前じゃなくて、ありふれた名前だったんだと思うんだけど……」

「その同僚の方に連絡を取って、名前を確かめる事って出来ますか？」

「それは出来るけど……ただ、その同僚は女性で、一年前に寿退社してるんだよ。それからは全然連絡を取ってないからなぁ。だから、もしかしたら以前とは携帯番号やメールが変わってる可能性があるけど」

「とりあえず駄目元で連絡を取って貰えますか？　お願いします」

「別にいいけど。じゃあ、電話かメールが繋がって、女子大生の名前が分かったら連絡するよ。えーと、この中の誰にどうやって連絡すればいいかな」

「そうですね。じゃあ、メールで全員に一斉送信して貰えますか」

「分かった。皆、メール教えてくれる？」

そう言われて私達は倉元さんにそれぞれのメールアドレスを教えた。

倉元さんは携帯をじっと見た後、

「もうこんな時間か。そろそろ帰っていいかな。家族が待ってるから」

「あ、そうですよね。遅くまですみません。今日はわざわざありがとうございました」

桜木さんは丁寧にお礼を言った。私達も「ありがとうございました」と揃ってお礼を言った。

倉元さんが店を出て行った後、私達は考えをまとめるため店内に留まり、お茶のおかわりを店員に頼んだ。

桜木さんは運ばれてきたお茶を一口飲んだ後、

「今の倉元さんの話で、今まで考えていた犯人像が変わったわね」と言った。

「そうですね。そもそも被害者が違っていたし……。死んだのは、コールセンターの客じゃなく、コールセンターに勤めていた女子大生の方だった。殺されたんじゃなくて、自殺ですけど……」

島崎さんが言うと、

「でも間接的に殺されたようなものよね……。いじめを受けて自殺したんだから」

と桜木さんはしんみりと言った。

「何で、そんないじめのような事をしたのかな……」

今村さんがポツリと呟いた。島崎さんが遠慮がちに、

「でも、私、その三人の気持ちが少し分かるような気がします。分かるのは、いじめをした気持ちじゃなくて、自分達が受けた理不尽さに怒りを感じていたってところです。私も派遣社員として働いていた事がありますけど、本当に扱いがひどいと思いましたから。基本、三ヶ月の契約期間を更新するやり方でしたけど、派遣先の上司の判断で契約が更新されず、すぐ切られたりする人もいましたから。それも仕事が出来ないとか勤務態度が悪いとかそういった事じゃなくて、単純に好き嫌いで切られてましたからね。だから派遣先の上司に派遣社員の人は皆、気を使って媚びていたし、そんな風に上手く媚びる事が出来ない人は仕事が出来ても首になってました。契約期間終了という名の元に。でも、それってすごくおかしくないですか？　だってそんな扱いを受けるのは派遣社員だけじゃないですか。正社員はもちろん、契約社員もアルバイトだって、そんな扱い受けませんよ」

「そうよね……。企業側は自分達の勝手な都合で派遣社員の首を切る事に対して何の罪悪感も感じないのかしらね。仕事を首になるって事は、つまり生活が出来なくなるって事じゃ

ない？　要するに食べ物も買えない、家賃も払えないって状態になる事よね。それは相手に死ねって言ってるのと同じ事じゃない？　でも人に対して平気で死ねって言えるのが本当に正しい世の中なのかな……」

　桜木さんの言葉に、皆、沈黙してしまった。桜木さんは重い空気を振り払うように、

「何だか話がずれちゃったわね。犯人について話を戻さないと。犯人が女子大生を自殺に追い込んだ相手を怨んでいる人間だとしたら、やっぱり女子大生の親が一番の容疑者かしら……」

「あとは、女子大生の恋人ですね。二十歳だったらいる可能性が高いし……」

　私は考えながら答えた。

「もし親が犯人だとしたら、女子大生は生きていたら今は二十二歳ぐらいだから、親の年齢は一般的に考えて四十代後半から五十代後半ぐらいかな……。あと、恋人の年齢は一般的に考えると二十代かな……」

「犯人が誰なのかはまだ分からないですけど、でも、犯人が狙っているターゲットは分かりましたよね。自殺した女子大生をいじめていた女二人と男一人ですよね。たぶん、その内の一人がトイレで殺された渡辺加奈子さんですよね……」

　私がそう言うと、今村さんが俯きながら、言った。

「……もしかしたら、その中の男一人っていうのがマリアちゃんだったのかな……」

　その場にいた皆が驚いたように今村さんを見た。

「……そうかもしれないね。マリアちゃんは名古屋のコールセンターにいた頃はまだ男だったと思うし……」

桜木さんがポツリと呟いた。

「で、でも、マリアちゃんがそんないじめみたいな事をしていたなんて、ちょっと信じられないんですけど……」

私は生前のマリアちゃんを思い浮かべて思わず言った。あんなに謙虚で優しそうなマリアちゃんが、仕事を解雇された鬱憤を晴らすために誰かをいじめてたなんて信じられなかった。

「もしかしたらマリアちゃんは、友達を失いたくなかったのかも……」

桜木さんが少し悲しそうな表情で言った。

「どういう意味ですか?」私が聞き返すと、

「これは想像だけど、マリアちゃんは当時、コールセンターであまり友達がいなかったんじゃないかな。マリアちゃんは明るくて良い子だったけど、同時に謙虚で控えめな感じだったよね。そういう人って意外と友達が出来にくいんだよね。自分から積極的に人に話し掛けないから。そんな時、職場の女二人が声を掛けて来た。その女二人との友情を失いたくなくて、いじめに加担してしまったんじゃないかな……」

「……」

「それは、ありえるかもしれませんね。マリアちゃんみたいな優しそうな子がいじめをする場合って、大体、本人の意思じゃなくて、いじめの首謀者に誘われてってパターンが多いような気がしますから……」

島崎さんが納得したように言った。

「その結果、マリアちゃんは殺されちゃったわけだけどね……」桜木さんが言った。

皆、無言になりお茶を飲んだ。

言葉では言い表せない、なんともいえない空気がその場を支配していた。

桜木さんはテーブルに湯呑を置くと、

「でも、これで犯人が狙っている残りのターゲットが分かったわね。女子大生に嫌がらせをした女二人と男一人の内、女一人と男一人はもう殺されてしまった。つまり、残るターゲットは……」

皆が、桜木さんの言葉にハッとした。

残るターゲットは……あと、女が一人。

「その残る一人も、バンコクにいるとは限らないけどね……」

桜木さんは慎重な口調で言った。

4

マンションの自分の部屋に帰って来て、私は何故かどっと疲れを感じ、ベッドに倒れ込んでしまった。

仰向けになって天井をぼんやり見上げながら、さっきまで皆と話しあっていた内容について考えた。

渡辺加奈子さんとマリアちゃんを殺した犯人が、もし自殺した女子大生の親だったら、女子大生と名字が同じ可能性がある……。つまり女子大生の名字が分かれば、犯人の名字が分かり、もしかしたら犯人を特定出来るかもしれない……。

私はハッとある事を思いつき、ベッドから起き上がった。そして、机のパソコンを開き、ネットで検索を始めた。

そうだ、女子大生がコールセンターでミスをして、客である奥さんが旦那さんに住所を知られてしまった事件、あの事件が起こったのが二年前なら、まだネットに事件の事が残っているかもしれない。倉元さんは事件は新聞に載らず、テレビのニュースにもならなかったと言っていたけれど、ネットニュースにはなっていたかもしれない。女子大生が当時二十歳なら、未成年ではないから、名前が載っているかも……。

そう思って必死に検索してみたが、事件は全く出て来なかった。色々検索ワードを変えてみても駄目だった。二年前の事件が残ってないのはおかしいので、ネットニュースにもならなかったのかもしれない……。

私はガッカリして、パソコンを閉じた。机の上の時計を見るといつの間にか午後十一時になっていた。明日も仕事だから早く寝ないと……。それから重い体を引きずるようにしてお風呂に入り、消灯してベッドに入った。

だけど、ベッドの中に入ってもなかなか寝付けなかった。

犯人はいったい誰なのか、気が付くと考えてしまっていて、頭の中でぐるぐると思考が止まらなかった。

私は観念して目を閉じるのをやめて、暗闇を見つめながら考えた。

今回の事件は、死んでしまったのが客の奥さんではなく女子大生だった事で、犯人像が変わった。

だから私が初めに考えていた、島崎さんがその女子大生で、犯人に狙われているターゲットだという推理は間違っていた事になる。今村さんが奥さんの恋人で、島崎さんを殺そうと考えている犯人だという推理も間違っていた。

だけど……今村さんがもし、奥さんではなく女子大生の恋人だったとしたら？

今村さんは確か今二十八歳だから、二年前は二十六歳。女子大生と恋人だったとしてもおかしくない年齢差だ。今村さんが別れてしまった恋人というのは、女子大生の事だったのではないだろうか。今村さんは日本で恋人と別れて心機一転の気持ちでバンコクに来たと言っていたけれど、本当は恋人の復讐のためだったんじゃないだろうか。

それに……島崎さんも、女子大生と年齢が近いから、もしかしたら女子大生と親友だった可能性はないだろうか。犯人は女子大生の親か恋人の可能性が高いと思っていたけれど、親や恋人と同じぐらい強い絆のある親友もいるかもしれない。だとしたら島崎さんも犯人の可能性がある……。島崎さんはタイやフィリピンなどの東南アジアの男の人が好みだからバンコクに来たと言っていたけれど、本当は親友の復讐のためだったんじゃないだろうか。

私は暗闇の中で寝返りを打つと、ぎゅっと目を閉じた。また頭痛がしてきた。こんな風に考えていたら、すべての人に犯人の可能性があるような気がしてしまう。自分の身近にいるすべての人が、犯人に思えてしまう。

なんだか喉が乾いてきてしまって、水を飲もうとベッドから起き上がったのと同時に、枕元に置いてある携帯からメールの着信の音がした。

誰からだろう。もう遅い時間なのに……。

突然、胸がドキリとした。まさか、倉元さん……？

慌てて部屋の電気を付けると携帯のメールを見た。やっぱり倉元さんからだった。

「……え？」

メールの文面を見て、思わず体が固まってしまった。

そこには、寿退社した同僚からメールが返って来て、自殺した女子大生の名前を教えて貰った、と書かれてあり、女子大生の名前がフルネームで記載されていた。

私はその名前をじっと見つめた。

これは、偶然……？　たまたま、同じ名字というだけ？　でも、そんな偶然があるだろうか。確かにそんなに珍しい名字ではないけれど、たまたま、同じ名字だなんて。

偶然じゃないとしたら……じゃあ、あの人が犯人？

私は混乱してきた。確かに、私もあの人の事を少し疑った事はあった。だけど、たった一つの事実が、あの人の事を犯人から除外していた。

だって、あの人は私にハッキリと言ったのだ。

自分には、子供がいないと。

それとも、あれは嘘だったのだろうか。私を欺くための嘘。でも警察でもない私に嘘をつく必要がどこにあるのだろう。

それとも、女子大生とあの人は、親子ではないのだろうか。もっと違う関係。例えば、年の離れた兄弟……。

だけど年齢差から言って、やっぱり親子が一番しっくりくるような気がした。

私は混乱した頭のまま、じっと考え込んだ。突然、ハッとして、ある事に気が付いた。

まさか……そうだ、もしかしたら、そうなのかもしれない。

私は慌てて机の引き出しを開けた。確か、ここに入れていたはず……。見つけた。私は探していた物を取り出すと、じっと見つめた。

やっぱり、そうだ。そうだったんだ。

私は、とんでもない勘違いをしていたんだ――。

だけど……まだ分からない。ハッキリと決まったわけじゃない。

仕方ない、これはあの人に、本人に確かめるしかない。明日になれば仕事が始まる。その時、直接聞くしかない。

そう決めたらなんだかすっきりして、灯りを消して再びベッドに入った。だけど頭は冴えたままで眠れなかった。早く朝になれ。そう思いながらまんじりともせず暗闇の中、夜明けを待った。

アラームが鳴って目を覚ました。いつの間にか眠ってしまっていたみたいだ。携帯を見ると午前六時半。良かった、ちゃんと時間通りに起きられた。私はホッとして、簡単な朝食を取り、着替えると部屋を出た。

5

コールセンターの部屋の前まで来ると、セキュリティシステムに社員証をタッチして、部屋の中に急いで入った。

そして部屋の中の、Aチームの人達がいる場所をぐるりと眺めた。いない……。いつもいる、二人がいない。

　Ａチームの側を巡回しているサブリーダーの内の一人が私に気が付いて声を掛けて来た。

「流川さん、どうしたの？　早く席に着いて仕事を始めて」

「あの、須藤さんと……今村さんは今日は来ていないんですか？」私が聞くと、

「須藤さんはさっき、お腹の調子が悪いって言って、トイレに行ったの。今村さんは今朝電話があったんだけど、なんか社員証が見つからないんだって」

「……社員証？」

「そう、いくら探しても見つからないみたいなの。社員証が無いと部屋に入れないでしょう？　だからまだ来てないのよ。須藤さんが、無いなら内側からドアを開けてあげるからとりあえず来てって言ったんだけどね」

「……」

「それより、早く席に着いて……」

「すみません、私もお腹の調子が悪いので、トイレに行ってきます！」

「えっ！？　ちょっと、流川さん！」

　私は呼び止めるサブリーダーの声を無視して、部屋から出て行った。

　部屋の外に出て、ハッとした。須藤さんが誰かに手を引っ張られて、エレベーターの中に乗り込んで行く姿が見えたからだ。

「須藤さん！」

　エレベーターに駆け寄ったが、扉は閉まってしまった。上部にある階数表示を見ると、エレベーターは上に上がって行く。私は急いで八基あるエレベーターのすべての上りのボ

タンを押した。また階数表示を見ると、エレベーターはどんどん上に上がって行き、ついに最上階の五十階まで到達した。どうして最上階に？　まさか……屋上？

私はじりじりしながら、エレベーターの扉が開くのを待った。


やっとエレベーターが来て、五十階で降りると、側にある階段を駆け上った。階段の上には屋上に通じると思われるドアがあった。そのドアを開けると、外に出た。

私は息をのんだ。屋上はとても広く、そして風が強かった。しっかりと地面に足を付けていないと吹き飛ばれてしまいそうだ。屋上はコンクリートの仕切りで囲まれていて、真ん中にはヘリポートが設置してあった。

その、ヘリポートの中心に、須藤さんと、マンションの管理人の安斎四朗さんがいた。

安斎さんは須藤さんを羽交い締めにしていて、右手にはナイフが握られていた。

「安斎さん！　やめて下さい！」

私が思わず叫ぶと、安斎四朗さんは私を凝視して、言った。

「そこから動くな！　一歩でも動いたら、こいつを殺す」

安斎さんはナイフを須藤さんの首元に近付けた。須藤さんは騒がずに、ただされるがままになっていた。表情にも動揺は見られず、能面のように無表情だった。あまりの恐怖心で、感情を失ってしまっているのかもしれない。

どうしよう、このままじゃ、須藤さんが殺されてしまう……。

突然、背後で階段を駆け上って来る音が聞こえた。振り向くと、今村さんが立っていた。

「今村さんっ！？　何でここに」

「……社員証を無くして、しょうがないから内側からドアを開けて貰おうと思って会社に来てエレベーターを降りたら、ちょうど流川さんがエレベーターに乗り込むところが見えて……。その顔があまりにも切羽詰まっていたから、何かあったんだと思って後を追ったんだ……」

今村さんは目の前の、須藤さんが安斎さんにナイフを突き付けられているという異常事態が飲み込めず、混乱しているようだった。

「社員証ね……。あれは、俺が盗んだんだよ。管理人室のマスターキーを使ってね」

安斎さんは不敵な笑いを浮かべながら、言った。

「どうしてそんな事を……」私が聞くと、

「それはもちろん、こいつを、須藤美沙子を殺すためだよ。運よく、コールセンターの部屋の中から出て来てトイレに行くところで遭遇出来たから良かったが、そうじゃなかったら部屋の中まで入って行こうと思ってたからな」

「……安斎さんが、渡辺加奈子さんとマリアちゃんを殺した犯人だったんですね」

「えっ？」

私の言葉に今村さんが驚きの声を上げた。

「その通りだ。どうして分かった？」

安斎さんは冷静な表情で私を見た。

「コールセンターの倉元さんという人が、教えてくれたんです。二年前、名古屋のコールセンターでミスをして、その結果、いじめを受けて自殺してしまった女子大生の名前を。その女子大生の名前は……安斎恵美。安斎さんと同じ名字です。安斎さんは……安斎恵美さんの父親なんですね」

「父親……」

今村さんが呆然と呟いた。私は話を続けた。

「実は私は、安斎さんと、安斉久美子さんの事を少し疑っていたんです。もし安斎恵美さんの両親が犯人だった場合、一般的に考えて年齢は四十代後半から五十代後半。安斎さん達は五十代半ばぐらいに見えたので、犯人の年齢に当てはまると思っていました。安斎さん達が会社を早期退職して、わざわざ日本からタイに移住して来たのも、老後をゆっくりタイで過ごすためじゃなく、娘さんを自殺に追い込んだ人達に復讐するためだったんじゃないかと思ったし、わざわざボランティアで管理人をしているのも、フォレスト・マンションにはひまわり通販のコールセンターで働いている人がたくさん住んでいるから、管理人になって内部の情報を得るためじゃないかと思ったんです。だけど……たった一つの事実が、安斎さん達は犯人じゃないと、私に思わせていました」

「たった一つの事実……」

今村さんはそう呟くと、ハッとした顔で私を見た。

「私は、安斎さん達には子供がいないはずだと思っていたんです。それは、安斉久美子さんが、自分達夫婦には子供はいないと言っていたからです。私は、安斎さんと、安斉久美子さんが夫婦だと思い込んでいたんです。二人が偶然、同じ名字だった事と、安斉久美子さんが私に、自分は夫婦でタイに移住して来たと言ったからです。でも、よく考えたら安斉久美子さんは一言も自分の夫が安斎さんだなんて言ってない。私がただ、そう思い込んでいただけだったんです。夫婦だから当然、名字の漢字も同じだと思い込んでいました。

でも、二人から貰っていた名刺を確認して、気付いたんです。安斉久美子さんの安斉の斉の字は、下の部分が二本線になっているのに対して、安斎さんの斎の字は示すの漢字になっていて、漢字が微妙に違う。つまり、二人は夫婦じゃ無いと。二人の名刺には、黒字で大きいローマ字と小さい漢字で名前が書かれていて、しかも、安斎さんの名刺の紙の色が濃いブルーだったので、漢字の部分がよく見えず、初めは、違いを見落としてしまっていたんです。だけど、名刺のミスプリントの可能性もまだあったので、二人が夫婦じゃないという事は、今朝、安斉久美子さんに直接確認しました」

「なるほど……勝手に思い込んで、犯人から除外してたってわけか。笑えるな」

安斎さんは本当に面白そうにくっくと笑った。

「だけど、その事に感謝しなくちゃな。そのおかげで、君の素人探偵推理が狂い、犯人に辿り着くのが遅くなったわけだからな。そう、君の言う通り、俺は安斎恵美の父親で娘を自殺に追いやった渡辺加奈子と黒川マリアを殺した犯人だ。そして、今、最後の一人、須藤美沙子を殺すところだ……そうだな、その前に、警察よりも先に犯人に気付いた君へのご褒美として、俺が殺人を犯すようになるまでの経緯を話すのもいいかもしれないな」

そう言うと、安斎さんはどこか遠くを見るような目になって、

「恵美が自殺した後……俺と妻はこれから何を心の支えにして生きていっていいか分からなくなってしまって、抜け殻のような毎日を送っていた。俺達は同い年で二十八の時に結婚したがずっと子供が出来ず、恵美は四十になってやっと恵まれた子供だったからだ」

四十になって出来た子供……。じゃあ、安斎さんは今、六十二歳なのか。もっと若く見えて、五十代半ばぐらいだと思っていた。

「特に妻の落ち込み方は尋常じゃなかった。恵美が自殺した後、精神的に不安定になり、ずっと病院の心療内科に通っていたぐらいだ。そして、半年前、自ら命を絶ってしまった。娘と、同じ方法でね。恵美と同じように、近所にある一番高い建物から、発作的に飛び降りたんだ……」

安斎さんは大きく息を吐いた。

「妻が死んで、俺はずっと思っていた事を実行しようと決心が固まった。恵美を自殺に追い込んだ三人を殺そうと思った。妻も死んでしまったし、俺も妻も一人っ子で兄弟はいないし、俺と妻の両親はすでに死んでいて、迷惑をかける家族はもう一人もいないと思ったからだ。そして、探偵事務所に依頼して三人の居場所を調べて貰った。三人の名前は葬式に呼んだコールセンターの人から聞いて分かっていたし、顔写真もあったから、すぐに居場所は判明した。すごく驚いたよ。三人とも、日本じゃなくてタイのバンコクにいたんだ。女二人は以前勤めていたひまわり通販が他社に業務委託したコールセンターで契約社員として働いていて、男一人はバンコクの和食店で女として働いていた。まるで運命のように、三人揃ってバンコクにいたんだ。俺はまるで神から啓示を受けたような気持ちになった。神が俺に言っているんだと思った。バンコクに行けと、そして、三人を殺すんだと」

安斎さんは恍惚のような表情を浮かべた。

「俺はバンコクに住む方法を調べ始めた。観光ビザだと日数が少ないと感じたからだ。三人も殺すには念入りに計画を立てて実行しないといけないからな。そして、年齢が五十歳以上で、ある程度の貯金を持っている人間が取得出来るリタイアメントビザを取った。今年の八月からバンコクに住み始めてから、どうやって三人を殺そうかずっと考えていた。

そんな時、コールセンターで働く人間がたくさん住んでいるというフォレスト・マンションの存在を知った。君が言った通り、ここに住めばコールセンターの情報が色々入って来るかもしれないと思った。しかも好都合な事に、ちょうど日本人の管理人を募集していた。管理人になった方がより情報が入って来ると思い、応募する事にした。問題はリタイアメントビザだとタイ国内で働く事が禁止されている事だった。それでも、とりあえずフォレスト・マンションの様子を見に行こうと思い、面接に行った。そこで、幸運な出会いがあった。面接に来た数人の内に、安斉久美子がいたんだ。彼女は働いている方が体調が良いから応募しただけなので、お給料はいらない、ボランティアスタッフとして働きたいとマンションのオーナーに申し出ていた。ただ、週六日はキツイので、三日だけ働きたいと。俺はそれに便乗する事にした。自分も同じようにボランティアとして週三日だけ働きたいと言った。タイ人のオーナーは給料を払わないで済むなんてありがたいと思ったらしく、俺と彼女が採用された。普通はタダで働きたいなんて言ったら泥棒でもするんじゃないかと怪しまれるだろうが、俺と彼女は日本人だったので、日本人はお金持ちだと思われているらしく、そんな風に疑われる事もなかった。そして、九月から管理人として働き始めた」

「そうやって、フォレスト・マンションの管理人になった後、殺人を始めたんですか……」

私は震える声で聞いた。目の前にいる安斎さんが、もうマンションの管理人さんではなく、見知らぬ誰かに見えていた。

「そうだ。まず三人の内の誰から殺そうと考えた。ハッキリ言って、誰からでも良かった。だから三人の中で一番背が低くて、小柄な渡辺加奈子を選んだ。一番殺しやすそうだと思ったからな。だけど渡辺加奈子はかなり警戒心を持ってバンコクで暮らしていた。住んでいる家のセキュリティもしっかりしていたし、通勤に使う道も明るい大通りを選んでいたし、一人で行動する事もなかった。女性が一人で海外に住んでいる場合、そうなるのが自然かもしれないが、俺にとっては都合が悪かった。そこで考えた。渡辺加奈子が一人になる時はいったい、いつか。それは……トイレにいる時ぐらいじゃないかって」

「トイレ……まさか、それで……」

「住んでいる家はセキュリティがしっかりしていて入り込めない。だけどコールセンターが入っているビルだったら、裏口なら防犯カメラも無いし、エレベーターを使わず非常階段で昇ったら、誰かに遭遇する事もないと思った。俺は昇ったよ、エレベーターを使わず非常階段で二十八階まで、階段でね。念のため顔がばれないようにサングラスとマスクをつけてね。そして、女子トイレの二つある個室の一つに潜んで、渡辺加奈子が来るのを待った。個室のドアを薄く開けて誰が入って来るのかを確かめながらね。もし、渡辺加奈子以外の誰かが一緒にいたとしても、女だったら殺人を邪魔される事は無いだろうと思った。そして、ラッキーな事に渡辺加奈子はすぐにやって来た。まだ一時間休憩の前なのに、トイレに駆け込んできたんだ。俺は渡辺加奈子が個室に入ったところで、中に押し入ってナイフで刺す前に自己紹介をしたんだ。俺は、安斎恵美の父親だ、こう言えば何故自分が殺されるのか分かるよな、と。彼女は驚いて泣いて命乞いをしてきた。自分はいじめなんて本当はしたくなかった、須藤さんに誘われて仕方なくやったんだ、と。自分だけじゃなく黒川君もそうだったんだと。俺は彼女が本当の事を言っているような気がした。何故なら彼女はいかにも気が弱そうで、こんな女がいじめの首謀者だとは考えにくかったからだ。写真で見ただけだったけれど、黒川という男も、同じように気が弱そうな大人しそうなタイプに見えていたからだ。須藤美沙子がいじめの主犯で、二人を巻き込んだというのは、恐らく真実だろうと思った。そこで、俺は決めたんだ。須藤美沙子を最後に殺そうと。とっておきの方法でね」

「とっておきの方法……？」

安斎さんはフフッと不敵な笑いを浮かべた。

「渡辺加奈子をナイフで刺して殺し、俺は非常階段から逃走した。運良く、誰にも遭遇しなかった。次に狙うのは黒川マリアだ。だけど渡辺加奈子が殺された事で何かを感じたのか、黒川マリアも慎重に行動するようになっていた。一人で出掛けたりしないし、人通りの多い道しか歩かない。俺は黒川マリアを殺すチャンスを辛抱強く待った。そして一ヶ月ほど経った頃、黒川マリアは気が緩んだのかダンスのレッスンの後、家までの近道の暗い道を一人で歩いていた。そこをナイフで刺した。もちろん、渡辺加奈子の時と同じように刺す前の自己紹介は忘れなかったよ。そして、今が……最後の一人、須藤美沙子を殺す時だ。とっておきの方法で」

安斎さんは羽交い締めにしていた須藤さんから手を離すと、須藤さんにナイフを見せながら、言った。

「ここから、飛び降りろ」

須藤さんは能面のような無表情のまま、安斎さんを見つめていた。

「恵美と同じように……妻と同じように……飛び降りて、自ら命を絶て」

須藤さんは石のように固まったまま、その場に立っていた。

「どうした？　何故、飛び降りない？　まさか自分は人を自殺まで追いつめたけど、自分が自殺するのは嫌だとは言わないよな。ちゃんと自分のした事には責任を取らなきゃな。さぁ、自分で、自分のした事に、落とし前をつけるんだよ」

安斎さんはナイフを須藤さんに突き付けて、叫んだ。

「飛び降りろっ！」

まるでその言葉が合図になったように、須藤さんはくるりと姿勢を変え、屋上のコンクリートの仕切りに向かって、ふらふらと歩き出した。

「須藤さん、やめて！　立ち止まって！」

私は咄嗟に叫んでいた。その言葉に反応したように、須藤さんは私達に背を向けたまま、立ち止まった。安斎さんは私の方に振り向いて、凄まじい目で睨んできた。

「何故、止めるっ？　こいつは助ける価値なんか無い人間なんだ！　恵美を自殺に追いやった事なんてなんとも思ってない、そういう人間なんだよ！　邪魔するなら、お前も殺す！」

「そんな事ありません……安斎さん、須藤さんは……きっと後悔しているんです、恵美さんを自殺に追いやるような事をしてしまった事を……」

安斎さんは私をじっと見て、言った。

「君は良い子なんだろうね。だから、物事を良い方に考える。どんなにひどい事をする奴がいても、その人はきっと何か事情があったんだ、悪気は無かったんだ、そんな風に考えるんだろうね。ひどい事をしてしまったとしても、その後、必ず後悔しているだろうと。でもね、世の中、君が思うような人間ばかりじゃない。他人に対してどんなにひどい事をしても、人をどんなに傷付けても、その事を反省も後悔もしない人間っていうのは、存在するんだよ。君は、それが分かってない」

「……そういう人もいるのかもしれません。でも、須藤さんは違います」

「そんな事ない！　その証拠に、こいつは恵美の葬式に来なかった。こいつだけじゃない、渡辺加奈子も黒川マリアも来なかった。恵美が自殺した時、俺は名古屋のコールセンターに勤めていた全員を葬式に呼んだんだ。会社を通してな。だけど、来たのはたった一人だけだった。恵美を自殺に追いやった事を何とも思ってないからこそ、葬式に来なかったんだ！」

「須藤さんがお葬式に来なかったのは、きっと、自分のした事を後悔していたから……だからこそ、来なかったんだと思います。恵美さんの死が、あまりにも辛くて……」

「とんでもなく都合の良い考え方だな。君みたいな考え方をする人間ばかりだったら、この世の中には悪人は一人もいなくなるな。善人ばかりの幸せな世の中だ」

　安斎さんは白けたように私を見て、苦笑した。

「安斎さん……須藤さんの手首を見てください」

「……手首？」

「須藤さんはシルバーのバングルをしています。それを取って、見てみてください」

「……何故、そんな事をする必要がある？」

「お願いです、見てください」

　私は安斎さんの目を見つめて、言った。

　安斎さんは、ゆっくりと須藤さんの腕に手を伸ばすと、手首からシルバーのバングルを外した。そして、手首を見て、呆然とした表情になった。

「安斎さん……そうです、須藤さんの手首にあるたくさんの傷は、たぶん……ためらい傷です。須藤さんは何度も自分で手首を切っているんです……自殺しようとして」

「……自殺？　こいつが？」

安斎さんは信じられないといった顔で呟いた。

「私が須藤さんの手首の傷に気付いたのは、トイレの中でした。須藤さんは化粧直しをしていて……その時、バングルを外していて、それで気付いたんです。その時は須藤さんにためらい傷がある理由は分かりませんでした。だけど、今なら分かります。須藤さんは恵美さんを自殺に追いやった事を後悔していたんです。だから、自殺をはかったんです、何度も。自分は、死んだ方がいいと思って……」

「……嘘だ。こいつは、そんな人間じゃない」

安斎さんは絞り出すような声で言った。

「須藤さんが、日本に帰らずにバンコクに居続けたのは、自分は死んだ方がいいと思ったから……殺された方がいいと思ったからだと思うんです。だって、渡辺加奈子さんが殺されて、マリアちゃんが殺されたら、さすがに気付いたと思うんです。犯人は、恵美さんが自殺した事を怨んでいる人間だって。そして、次に殺されるのは自分だって。だけど、須藤さんは帰らなかった。自分の命が惜しかったら帰っているはずです。マリアちゃんはバンコクでダンサーになる夢があったから、帰らなかったのは分かるけれど、須藤さんにはバンコクに留まる特別な理由なんてないはずなのに、それでも帰らなかったのは、自分は犯人に殺されるべきなんだって、そう思っていたからだと思うんです……安斎さん、須藤さんは恵美さんを自殺に追いやった事を後悔していたんです、死にたいほど……」

安斎さんの手から、シルバーのバングルがカシャンと音をたてて地面に落ちた。

それと同時に、須藤さんが崩れるように地面に座り込んだ。だけど、座って俯いたまま、何も言わなかった。

安斎さんはしばらく黙っていたが、ポツリと呟いた。

「……恵美が死んでから、あの子がまだ小さかった時の事を、よく思い出すんだ……あの子が生まれたばかりの時、あまりにも小さくて驚いた事……俺の顔を見て、笑った事……しゃべり出した時の事……歩き始めた時の事……あの子はもう、二十歳だったのに、もう、大人だったのに……」

「……安斎さん」

「そんな事ばかり、思い出すんだ……」

安斎さんの頬に、涙が流れ落ちた。次の瞬間、安斎さんは走り出した。

私の後で今村さんが叫ぶのと同時に駆け出すのが分かった。だけど、今村さんが辿り着く前に、安斎さんは、コンクリートの仕切りの向こうに姿を消していた。

「駄目だ!!」


日が暮れて、もう暗くなった歩道を、私は今村さんと一緒に歩いていた。

警察による事情聴取が長引き、マンションに帰る時間がかなり遅くなってしまっていた。

私と今村さんは無言のまま、マンションへの帰り道を歩いていた。

マンションに着いてエレベーターに乗り、私が六階で降りると、今村さんが部屋の前まで送ると言って、私の部屋まで一緒に来た。

「送ってくれてありがとう……」

私が部屋に入る前にお礼を言うと、今村さんは俯いてポツリと呟いた。

「安斎さん……どうして、自分から飛び降りるような事……」

私は今村さんをじっと見つめた後、言った。

「……安斎さんは、もう、終わらせたかったんだと思う」

「え……」

「誰だって、誰かを死ぬまで憎み続けるなんて、そんな人生、送りたくないから……」

そう言った後、私は急に息苦しい気持ちになって、俯いた。

今村さんの声が聞こえて来た。

「……うん。俺も、そう思う」

私はふいに涙が溢れだして来て、今が夜中だという事も、マンションの廊下にいるという事も忘れて、声を上げて泣いた。

6

連続殺人事件の犯人が自殺してしまった事で、事件はあっさりと幕を下ろし、日常が戻って来た。私は変わらず、バンコクのコールセンターで電話受付の仕事を続けた。

少し変わった事といえば、仕事の途中、ふと外を見ると、大粒の雨が窓を叩いていていている事が多くなった。

　事件から二週間ほど経ったある日、偶然、帰りのエレベーターの中で、倉元さんと一緒になった。

「お疲れ様です」私が声を掛けると、

「あ、流川さんか、お疲れ様」倉元さんは笑顔で挨拶を返してきた。

　私と倉元さんはなんとなく一緒にビルを出ると、駅までの道を、それぞれ傘を差して歩いた。

「最近、よく雨が降りますね」私が言うと、

「そうだな、ちょっと降り過ぎっていうぐらい降るな。雨季でもないのに」

　倉元さんは空を見上げて少し顔をしかめた。

「こんなに降るとちょっと心配になります。以前、バンコクの街が雨で水没したっていうニュースを日本で見た事があるので……」

「ああ、何年か前にそういう事があったみたいだよな。でも大丈夫だよ。俺もちょっと心配になって長年バンコクに住んでいる人に聞いたけど、そういう時の雨っていうのはもっとエゲツナイらしいよ」

「エゲツナイ？」

「そう。こんなもんじゃないんだって。もっとこの世の事とは思えないほど、すごいらしいから。それに比べたら、全然たいした事ないらしいよ」

「……そうですか」

　駅に着き、ＢＴＳの改札の前まで来て、

「じゃあ、俺、ＢＴＳだから」

「はい、それじゃ」

倉元さんは改札の向こうに消えて行った。

私は折り畳んだ傘を持ったまま、雨に包まれたバンコクの街をぼんやりと眺めた。

マンションに着いて着替えると、雨のせいで気温が下がったせいか、少し寒気を感じて、温かいコーヒーを入れた。

それを椅子に座ってゆっくり飲みながらパソコンでネットを見ていると、スカイプの着信があった。発信相手を見ると、お母さんだった。

「……」

私が通話ボタンを押すと、パソコンの液晶画面にお母さんの顔が映った。

「元気？」

開口一番、お母さんはそう言った。

「……うん、元気だよ。珍しいね、お母さんから連絡してくるなんて」

「だって、理子、バンコクに行っちゃってから、全然連絡してこないから……。便りが無いのは良い便りっていうけどさ、ちょっと心配になってさ」

「そう……ちゃんと仕事してるから大丈夫だよ」

「ちゃんと食べてる？　食欲ある？」

「うん」

「……そう。私はいつでも、理子の事を心配してるからね。その事を忘れないでね」

「……うん、分かってる」

「理子……」

「いつも私の事を心配してくれて……ありがとう、お母さん」

私はパソコンの画面のお母さんに、笑顔を向けた。

何故だか分からないけれど、私が笑顔にならないと、お母さんが泣いてしまうような気がして。

エピローグ　バンコクの空の花火

十二月が近付いてくると、バンコクの街中はクリスマスモードに変化していった。ショッピングモールの前には大きなクリスマスツリーが置かれ、窓にはクリスマスの飾りが付けられた。私がいつも通るアソーク駅のＭＲＴへと続く通路にも、通路の中央にトナカイの置物がキラキラ光る電飾で飾り付けられて置かれるようになった。

一年中Ｔシャツで過ごせる常夏の国にも、ちゃんとクリスマスはやってくるんだなと思った。

だけど、同期の皆とクリスマスパーティーをやろうとか、そんな予定は無かった。皆がそんな気持ちになれないのは分かっていた。私達だけじゃなく、コールセンター全体に、自粛ムードのような物が漂っていた。

それは仕方ない事かもしれない、と思った。

ある日、土曜日なので洗濯をしようと思い、洗濯物をカゴの中に入れてマンションの一階のコインランドリーに行った。洗濯が終わるまでカフェでお茶でもしてようかなと思っていたら、エントランスで安斉さんに声を掛けられた。

「流川さん、今、時間ある？」

「はい。洗濯をしている間、暇なのでコーヒーでも飲もうと思って」

「じゃあ、管理人室で一緒にお茶しない？」

安斉さんが笑顔で言った。

「はい」

私も笑顔で返した。

「はい、どうぞ。今日のお菓子はオレンジピールの入ったマフィンとチョコレートチップの入ったスコーンよ」

安斉さんはテーブルにコーヒーとお皿に乗ったお菓子を置いた。

「すごく美味しそうですね」

「どうぞ、遠慮なく召し上がれ」

「いただきます」

私はマフィンを手に取ると、ぱくりと一口食べた。あまりにも美味しそうだったので、最初の一口がいささか大きめになってしまったような気がした。でも、予想通り、すごく美味しかった。

「安斉さんのお菓子っていつもすごく美味しいですよね。どこで買っているんですか？」

「買ってるんじゃなくて、私が作ってるの。家で作った物を持って来てるのよ」

「えっ、安斉さんの手作りなんですか？　すごいですね、安斉さん、お店出せますよ」

お世辞ではなく、本当にそう思って言うと、

「ふふ、ありがとう。でも、ここの仕事だけでもう精一杯だから。お菓子を作ってここの住人の人達と一緒に食べるだけで十分満足よ。あとは夫と一緒に食べたりね」

安斉さんは、安斎四朗さんがいなくなってから、穴埋めのため週六日、ここで働くようになっていた。

「そうですか……安斉さんの旦那さんって普段はどんな仕事をしてるんですか？」

「タイにあるゴルフ場で週三日、働いているの。本人もゴルフが好きだから楽しいみたい。もちろん、お金は貰ってないけどね」

「そうだったんですね……」

「やっぱり働いている方が体にも良い気がするって言ってるわ。私もそう思う。それに、ここの住人さんって比較的、若い人が多いでしょう？　そういう人達と接したり、話したりするだけで、自分も元気になるような気がするのよ。相談とかされるのも、すごく嬉しいしね」

安斉さんは笑顔でそう言うと、コーヒーを口に運んだ。

私は安斉さんに子供がいない事を思い出した。安斉さんが若い人と話したり、相談されたりするのが嬉しいのは、そういう理由もあるのかもしれないと思った。

「そうそう、流川さんと同じコールセンターで働いている今村君ともよく話すのよ。ここでお茶して、話したりするの」

「えっ、そうなんですか」

今村さんが安斉さんとそんなに仲が良いなんて知らなかった。今村さんは三十歳過ぎた女性はもうおばさんとか、若くない女性を軽視するような事を言っていたのに……。もしかして、お菓子につられたのだろうか。甘い物が好きそうな感じがするもんな……。

安斉さんはコーヒーカップをソーサーに置いて、私をじっと見つめると、

「……今村君って、ちょっと家庭環境が複雑みたいなのよね」

「え……？」

「お父さんとお母さんの仲があまり良くなかったらしくてね。それに加えて、お父さんが

ちょっとアルコール依存症の気があったみたいで……。家の中はいつも、お父さんとお母さんが喧嘩する怒鳴り声が響いているような環境だったんだって。今村君、高校を出て一人暮らしを始めた時、初めて夜、ぐっすり眠れたんだって。もうお父さんとお母さんの怒鳴り声が聞こえてこない事がすごく嬉しくて、安心したって言ってたわ……」

「……」

「その話を聞いた時、すごく意外な感じがして、驚いちゃったのよね。今村君ってすごく明るくて、あっけらかんとした感じの子でしょ？　そんな過去があるようには全然見えなかったから」

「……」

「……流川さん、今村君の事、ちょっと誤解しているような感じがしたから、話しちゃったけど、こんな話、聞きたくなかったかしら。だとしたらごめんね」

「……いえ、聞けて良かったです。話してくれて、ありがとうございます」

「そう？　だったら良かった。今村君には、私がこんな事話したって事は内緒ね」

「はい」

私は目の前のスコーンを食べている安斉さんをぼんやりと眺めた。もしかして、今村さんが安斉さんと仲が良いのは、私と同じ理由なのだろうか。安斉さんに、どこかで理想の母親像のような物を求めていて……だから……。

安斉さんはスコーンを食べ終わると、

「話は変わるけど、流川さん、そろそろコールセンターも年末年始の休みに入ると思うんだけど、日本に帰るの？」

「いえ、今回はお金が無いので帰る予定はありません。たぶん、休み中もバンコクにいると思います」

「そうなんだ。私は夫と日本に帰って久しぶりに知り合いに会う予定なんだけど、流川さんはバンコクにいるのね。じゃあ、大晦日はカウントダウンを見に行ったら？」

「カウントダウン？」

「そう、バンコクでもあるのよ、新年へ向けてカウントダウンするお祭りみたいな物が。バンコクの各地でけっこう盛大に行われるの。チットロム駅の近くにあるデパートのセントラルワールド前の広場でもやるのよ。カウントダウンが始まる前にタイの人気アーティストのライブをやったり、カウントダウンが終わって新年になったら花火をたくさん打ち上げたりして、すごいわよ。その分、半端無く人が集まるけどね」

「どれぐらい集まるんですか？」

「そうねぇ。広場にごった返した人波の中で、歩く事が出来ないぐらいかな」

「そ、そんなに……。私、人混みが苦手なのでちょっと無理ですね……。花火は見てみたいですけど……」

「花火を見るだけだったら、このマンションからも見えるわよ。流川さんの部屋のバルコニーから見えると思うわよ」

「そうなんですか。じゃあ、バルコニーから眺めようかな……」

「それもいいかもね」

安斉さんはニッコリと笑った。

洗濯物を持って部屋に戻った後、ふと、ある事を思いついて、私は携帯で桜木さんに電話を掛けた。

「え？　大晦日に流川さんの部屋で花火を見る？」

「はい、同期の皆で。私の部屋からカウントダウンの花火がよく見えるらしいんです」

「へぇ……いいかもね。クリスマスパーティーとかも、出来なかったものね」

「そうですよね。だから、大晦日に皆で集まれたらいいなと思って。もちろん、バンコクに残る予定の人だけになりますけど……」

「私、大晦日はまだバンコクにいるから大丈夫よ。日本には年が開けてから帰ろうと思ってるから。じゃあ、他の皆も電話して誘ってみよう。でも……なんだか意外だな。流川さんからこんな風に皆で集まろうって言ってくれたの初めてじゃない？」

「え……そうでしたっけ」

「そうよ。大体、私が計画する事が多かったよね。だから、嬉しい」

「……」

「もうコールセンターは辞めちゃったけど、増田さんも誘っていいよね？」

「もちろんです」


「流川さん、久しぶり～。元気だった？」

私が部屋のドアを開けると、袋を抱えた増田さんが笑顔で言った。

「はい、元気です。どうぞ、入って下さい。皆もう来てますから」

「そうなんだ。私がラストなのね」

増田さんが部屋の中に入ると、中にいた桜木さん、今村さん、島崎さんが一斉に「増田さん、久しぶり〜」と声を上げた。

結局、大晦日のこの日、同期の全員が私の部屋に集まる事になった。増田さんは手に持った袋をテーブルに置くと、

「私のお店で人気のある煮込みハンバーグと、一応、日本風に年越し蕎麦と、あと、屋台で売ってたジュースを五人分持ってきた」

と言って、袋の中身をテーブルに並べた。今日の食べ物と飲み物は、それぞれ好きな物を持ち寄る事になっていた。

「ありがとうございます。ハンバーグ、美味しそう。このジュースは何のジュースですか？」

「それはドリアンのジュースよ」

「えっ、ドリアンってあの果物の王様と言われているけど、独特の臭みがあるっていう……あれですか？」

「そう。流川さん、ドリアン食べた事ないの？　バンコクのスーパーで普通に売ってるじゃない。ほら、緑色でハリセンボンみたいに刺があるやつ」

「ああ……」

私はスーパーで見たハリセンボンのような刺のある果物を思い出した。あれは、ドリアンだったのか……。

「皆も色々持って来てくれたのね、美味しそう」

増田さんはテーブルの上にすでに並べられている食べ物を見て、言った。

テーブルには、桜木さんが持ってきてくれたピンクのカオマンガイでテイクアウトした

カオマンガイ五人分と、今村さんが持ってきてくれたワインボトルと、島崎さんが持ってきてくれた手作りのサラダとドラゴンフルーツやマンゴーなどの果物と、そして、私が用意したアソーク駅の中にあるドーナツ屋さんで買ったドーナツ十五個が並んでいた。

「じゃあ、とりあえずもう食べちゃう？　花火が上がるのはまだ先だし」

桜木さんが言うと皆、賛成した。もう夕食の時間だし、私を含め、皆お腹が空いていたらしい。

皆でソファーやカーペットの上のクッションに座ってテーブルを囲むと、

「俺がワインを開けるよ」

と、今村さんが持参のワインオープナーを手に取ってボトルのコルクを抜いた。

「それ、葡萄のワインですか？　なんだか色が変わってますけど……」

島崎さんが聞くと、

「これはパームワインって言って、ヤシの木の樹液を発酵させて作ったお酒」

「えー、ヤシの木のワイン？　そんなワインがあるなんて知らなかったです」

増田さんが驚いたように言った。私も知らなかったので驚いた。でも、ヤシの木のワインなんて、いかにも南国のお酒という感じだ。

今村さんがそれぞれのワイングラスにワインを注いでくれて、皆で乾杯してから食事が始まった。

皆で色々他愛ない事をしゃべり、夜も更けてきた頃、

「それにしても、今回の事件の犯人を見つけたのって流川さんなんですよね……すごいですよね、どうして分かったんですか？」

と、増田さんが不思議そうに私に聞いてきた。

「コールセンターの倉元さんが、メールで女子大生の名前が安斎恵美だって教えてくれて、それがマンションの管理人さんの名字と同じだったから、分かっただけです。別のマンションに住んでいたら、きっと分からなかったと思います」私がそう言うと、

「でも、今村さんも倉元さんからメールを受け取ってるんですよね？　私は倉元さんに会ってないし、メールを貰ってないから分からなかったですけど……」

増田さんは今村さんの方を見て言った。

「いやー、言われてみれば確かに同じ名字なんだけどさ、でも安斉さんが、あ、安斉久美子さんの方ね、初めて会った時に、自分には子供がいないって言ってたから、じゃあ親子じゃないから違うんだろうな〜って思っちゃったんだよ。それでメールもスルーしちゃったんだよね」

と今村さんは少し申し訳なさそうに言った。私はそれを聞いて、今村さんも、安斉久美子さんと安斎四朗さんを夫婦だと勘違いしていたんだなと思った。

「なるほど、そういう理由だったんですね……。そういえば安斉さんにマンションを案内して貰った時に、私達夫婦には子供がいないって、おっしゃってましたもんね……」

増田さんは思い出したように呟いた。

「倉元さんと言えば、一昨日、会社の仕事納めの日に倉元さんから聞いたんだけど……須藤さんね、会社を辞めたらしいわよ」

桜木さんがポツリと言った。

「え、そうなんですか……」

島崎さんが驚いたように聞き返した。須藤さんは、あの屋上の日から、ずっと会社を休んでいた。

「会社に郵便で退職願が届いたんだって。だから、たぶん今はもうバンコクにはいないんじゃないかな……」

桜木さんの言葉を聞いて増田さんが、

「じゃあ、日本に帰ったかもしれないんですね……。でも……私、いまだに須藤さんが過去にいじめをしていたなんて信じられないんですよね……。須藤さんは私が残業している時にわざわざ付き添ってくれたりして、すごく優しかったから、私の知っている須藤さんと何だか一致しなくて……そんなひどい事をしていたなんて思えなくて……」

「そうね……。でも、私は須藤さんのやった事を、自分とは全然関係ない他人事とは思えないんだよね……」

桜木さんがそう言うと、「どういう意味ですか?」と島崎さんが聞いた。

「島崎さん、言ってたじゃない? いじめをする気持ちは分からないけど、自分が受けた理不尽な扱いに対して、怒りを感じていたっていうのは分かるって。私もそういう気持ちは理解出来るの。むしろ、そういう気持ちを感じた事が無い人の方が珍しいと思う。世の中のほとんどの人が、理不尽さに怒りを感じて、その悔しい気持ちを誰でもいいから誰かにぶつけたい、八つ当たりしたいって気持ちになった事があると思う。実際に行動に移すかどうかは別としてね。そういう意味では、須藤さんは、もしかしたら自分がそうなったかもしれない可能性のある存在だったんじゃないかなって……」

桜木さんの言葉に、部屋の中はしんと静まり返った。

皆、言葉には出さずに桜木さんの言葉の意味を考えているようだった。

その重い空気を振り払うように桜木さんが言った。

「なんか、せっかく皆で集まれたのに暗い雰囲気になっちゃったわね、ごめんね。じゃあ、気分の切り替えじゃないけど、ここで皆で来年の抱負でも発表しない？　簡単な内容でいいからさ。と言ってもあと五分ぐらいで来年になっちゃうけど」

桜木さんは壁の時計を見て言った。

「いいですね。じゃあ、私から……」

増田さんが手を挙げた。

「私は……今のお店で、無事に正社員として採用されたいです。そして、バンコクで料理人として成功して、経済的に自立したいです！」

増田さんが言い終わると、島崎さんが、

「次は私が。私は、バンコクで、素敵な恋人を見つけたいです。そして、一生に一度の大恋愛を経験したいです！」

島崎さんが言い終わると桜木さんが、

「私は、このバンコクで、とにかく色々経験したいです。やりたいと思った事は何でもやってみたいです！」

桜木さんが言い終わると今村さんが、

「俺は、桜木さんとちょっとかぶっちゃうけど、バンコクを、楽しみたいな。楽しいと思う事は何でもやってみたいな！」

私が黙っていると、

「流川さんは？」と桜木さんが聞いてきた。

「……私は、来年の事はまだ何も考えてなかったんですけど……でも、たくさんの人と、話してみたいです。話してみないと、どんな人か分からないと思うから……」

今村さんは私をじっと見て、

「いいじゃん。いいと思うよ、俺」

そう言って、笑った。

その時の今村さんの顔は、今まで見たどんな顔よりも、優しい気がした。

「あ、あと十秒で来年よ。カウントダウンしよう！」

桜木さんが言って、皆で数を数えた。

「……九、八、七、六、五、四、三、二、一、ゼロ！」

それから、

「明けましておめでとう！」

全員で言った。

次の瞬間、ドン、と空気を揺らすような大きな音がした。

「花火が上がった！　見に行こう！」

桜木さんがいち早く立ち上がり、皆でバルコニーに出た。

バルコニーから見えるビル群の上に、大きな花火が次々と打ち上げられていくのが見えた。

夜空に浮かぶ花火のあまりの美しさに見惚れるように、皆で無言で眺めた。

花のように夜空に咲く色鮮やかな花火は、新しい年を祝うのと同時に、これから、新しい時代を生きる私達の事も祝福してくれているような気がした。

（了）

※この小説はフィクションです。実在の人物、団体とは関係ありません。

著者紹介

宮川葵衣（みやかわ・あおい）
映画の脚本コンクールに入賞後、映画、ドラマの企画制作の仕事を続ける。
その後、東京の小説教室で三年間学ぶ。
本書「コールセンターの殺人」でミステリー作家デビュー。

コールセンターの殺人

2023年　12　月　25　日　初版第 1 刷発行

著　者——宮川葵衣
発行者——菅原直子
発行所——株式会社街灯出版
〒124-0003　東京都葛飾区お花茶屋 1-16-2 アルビレオ I 202
TEL　03-6662-4095
URL　http://streetlight.base.shop
製本所——文唱堂印刷株式会社
印刷所——文唱堂印刷株式会社

ISBN978-4-910508-01-6